# शैलजा पाठक

शैलजा पाठक 29 जुलाई को स्याल्दे, अल्मोड़ा (उत्तराखंड) में जन्मीं। मूलत: बनारस की रहनेवाली हैं। शुरुआती पढ़ाई से लेकर स्नातकोत्तर तक की पढ़ाई इन्होंने वहीं से की है। इनके दो कविता-संग्रह प्रकाशित हैं—'मैं एक देह हूँ फिर देहरी' और 'जहाँ चुप्पी टूटती है'।

आजकल मुम्बई में रहती हैं और स्वतंत्र लेखन करती हैं।

ई-मेल : pndpinki2@gmail.com

शैलजा पाठक

# पूरब की बेटियाँ

राजकमल पेपरबैक्स

राजकमल पेपरबैक्स में
**पहला संस्करण :** 2023



---

**राजकमल पेपरबैक्स :** उत्कृष्ट साहित्य के जनसुलभ संस्करण

---

राजकमल प्रकाशन प्रा.लि.
1-बी, नेताजी सुभाष मार्ग, दरियागंज
नई दिल्ली-110 002
द्वारा प्रकाशित

**शाखाएँ :** अशोक राजपथ, साइंस कॉलेज के सामने, पटना-800 006
पहली मंज़िल, दरबारी बिल्डिंग, महात्मा गांधी मार्ग, प्रयागराज-211 001

वेबसाइट : www.rajkamalprakashan.com
ई-मेल : info@rajkamalprakashan.com

विकास कंप्यूटर एंड प्रिंटर्स
ट्रॉनिका सिटी-201 102
द्वारा मुद्रित

**मूल्य :** ₹199

PURAB KI BETIYAAN
*Diary* by Shailja Pathak

ISBN : 978-93-90971-35-0

अपराजिता को

...

उस शहर और उनकी गलियों को
जहाँ हम खो जाते थे,
फिर-फिर मिल जाने के लिए

# क्रम

## सलवटों में छुपे दर्द का नाता बड़ा पुराना है



## कुछ क़िस्से कुछ कहानियाँ



## प्यार में कमली हो जाना

## ब्याह की बाली उमर को सलाम



## पत्थर का शहर, सेमर-सा उड़ता मन



## अक्टूबर खुमार



## कंधे पर टिकी सिसकी

### जहाँ से बार-बार विदा होते हैं हम

ये नाटक के परदे कोई बन्द कर दे

## मुझे खोजो, मैं खो गई हूँ

'ज़िन्दगी क्या है'—का सही जवाब कुछ होता ही नहीं होगा। सबकी अपनी क़वायद होगी। सबके अपने तरीक़े। हमारी ज़िन्दगी सफ़ेद संगमरमर की साफ़ चमकती फ़र्श-सी है। एक बाल गिर जाए तो ग़लत लगने लगता सब कुछ।

बात तबकी जब गाँव के चप्पे-चप्पे हमारे होते। कौन-सी टोली किन जात वालों की है, इससे हमें कोई लेना-देना नहीं था। सबके घर हमारे लिए लाई, गुड़ और पानी मिल जाता।

गर्मी के इन दिनों में चम्बल के किसी डाकू की तरह हमें ख़ाली पड़े गाँव को आसानी से लूटना होता। तो सेना तैयार रहती हमारी। खेल की दो टुकड़ी बनती। आधा गाँव एक तरफ़, बाक़ी आधा गाँव दूसरी तरफ़। मतलब खेल की कोई सीमा तय नहीं होती। वह बस शुरू होता। ख़त्म कब होगा, किसी को पता नहीं होता। रेफरी घर के लोग होते जो टाइम-टाइम पर हम जैसे करतूत वाले बच्चों को पकड़कर पैरों के बीच दबा

के तेल चुपड़ बालों की डोलची बना देते या चाची मुँह में चीनी-रोटी का निवाला ठूँस देती।

दोनों टीम के पास पर्याप्त खड़िया होता। खेल का नाम—खोजो तो जानें। सबको अपने-अपने इलाक़े में जहाँ उनका दिमाग़ चले, ख़ूब सारी लाइनें खींचनी होतीं। ये खींच-खाँच की मुहिम कभी ख़त्म नहीं होती। किसी की मड़ई पर, किसी के दुवार पर, गाय की नाँद पर, खपरैल की छत पर हज़ारों लाइनें खिंच जातीं।

इस बीच सब कुछ होता रहता। जैसे हम गाँव के बग़ीचे में उतरने वाले किसी मेहमान को देख लेते। ज़मीन पर गिरा कोई आम खा लेते। किसी के छज्जे का कोंहड़ा तोड़ लेते। कहीं-कहीं गाली-थप्पड़ से निपटते, पर खेल में बने रहते।

दोनों बिखरी टीमें शाम होते-होते इकट्ठी मिलतीं। सबकी खड़िया चुक गई होती। अब रात का डिस्टर्बेंस झेलना और सुबह का इन्तज़ार करना! देर रात तक एक दूसरे के खेमे के बारे में कयास लगाना कि हमको पता है, किधर-किधर लाइन होगी।

अलस्सुबह उठते ही खड़िया लिये हम एक-दूसरे के खेमे में लाइन खोजने और काटने में अपनी जान झोंक देते। पूरे गाँव को पता था कि बच्चे बिना हाथ के हो गए हैं। लखैरे और ढीठ हैं। इनका कुछ नहीं हो सकता या अगर ये 'वैदजी' के घर के न होते तो कूट दिए जाते।

लाइन मिलती-कटती रहती। जयकारा ऐसे लगता कि जैसे ख़ज़ाना मिल गया हो। उस महाखेल का हिस्सा मैं भी थी। मुझे रिस्की जगह पर लाइन नहीं खींचनी होती। मेरी खींची लाइनों पर चिड़िया भी पर न मारती। जैसे

चूल्हे के पीछे, डेहरी के ढक्कन पर, चाची के बक्से पर, दरवाज़े की कुंडी पर, कठौती के पेंदा में, अपने ही स्कर्ट पर।

*

आज अचानक याद आई इस खेल की...लगा, भाग कर जाएँ और दूसरी टीम की लाइन काट दें...सारे टीम मेम्बर कब के बिखर चुके हैं...अब सारी लाइनें कट चुकी हैं हमारे बीच की...खड़िया से अपने बच्चे पढ़ा रहे होंगे सब...खपरैल पर पलटकर रखी लाइनें ज़रूर याद करती होंगी हमें...

*

तुम लोग खोजो न मुझे! मैं तो वहीं हूँ, चूल्हे के पीछे। लोहे के बक्से पर। किसी साँकल में झूल रही। किसी पुराने दरवाज़े के पीछे देखो। अभी-अभी नीली पेन से हथेली में कितनी लकीरें बनाकर मैंने मुट्ठी बन्द कर ली।

मुझे खोजो चिरकुटो, मैं खो गई हूँ...

# शहर बनारस

हम गाना गाया करते थे—

*तू शहर बनारस जइहा बनारसी साड़ी लइहा...*
*साड़ी हो झालरदार चुटीली लम्बी लैहो...*
*मेरे घूँघर वाले बाल...*

...और एक जरा-से आँगन में विशाल आसमान उतर आता। गाने के बोल और ढोलक की थाप। मुस्कराते-शरमाते-से ठुमके। जब भी मैं याद करती हूँ, शहर भागकर आता है और मुझे गले लगा लेता है। कितने दीये झिलमिला जाते हैं आँखों में...

शहर मेरे अन्दर है...अभी-अभी गोलघर के चौराहे पर रिक्शा लड़ते-लड़ते बचा—

'भैया! जरा धीरे चलिए...'

इन अपरिचित गलियों में कितनी जानी-पहचानी आवाज़ें हैं! शहर का

दिल धड़कता होगा या आती होगी हिचकी। मैं कितना याद करती हूँ! नाव पर सवार मेरा शहर भटकता-सा होगा मेरी याद में, और मैं यहाँ अकेली समन्दर के अनन्त में खोजती हूँ गंगा की वह धार जो टकराएगी मुझसे। मैं बहूँगी उसमें और पहचान लूँगी। पक्का!

# हम थे बनारस, हमीं से थी रामलीला

रामलीला के आने की दस्तक दमदार होती। इसी के साथ हल्की कुनमुनाती सर्दियों का आना भी होता।

न रामायण के किरदार बदले, न उनके सम्भाषण, न हम। अजी, हम तो घरों में पहले से ही शुरू हो जाते। हममें से ही बनता कोई धनुर्धर, कोई सीता, कोई रावण। घर के बग़ल की गली में लंका पर चढ़ाई भी होती। अगर उस वक़्त कुछ नहीं हो रहा था तो वह था हमारी बुद्धि का विकास। पात्र के चुनाव का संकट बना रहता। ऐसे में राम जी को कितनी ही बार रावण भाई धो देते। सीता सुपारी खाती गन्दे दाँत दिखाती। गल्ली में जब मन किया गोपी के सर पर चप्पल रख हम लोग अयोध्या की ओर चल निकलते। रामलीला हमारी नस-नस में था।

बनारस की अलग-अलग जगहों पर घटनाओं का मंचन होता, पर हम मुहल्ले में ही मचाए होते पूरी लीला। बार-बार होंठ पर रोली रगड़ता शम्भू ही था सीता। रियाज़ के कई रोल होते, लक्ष्मण से

लेकर भरत तक के। हमारी रामलीला के पात्र दुहरी ड्यूटी करते थे। कलाकार कम होने के कारण रावण को ही दशरथ बनना पड़ता। सीता को कौशल्या।

यह मुहल्ला भक्ति का पर्याय था। सब घर पूजा-पाठ। दीया-बत्ती। गंगा स्नान और पूरा अक्टूबर रामलीला पर चर्चा। असल वाली लीला के विख्यात राम जी की कचौड़ी-सब्ज़ी की दुकान थी। रावण सब्ज़ी का ठेला लगाते। पर इस महीने ये सब छुट्टी कर चन्दन, रोली, गेरुआ और डायलॉग में रँगे होते।

दो चौकी का मंच, कोल्हापुरी चद्दर का परदा पकड़े दो दूध-भात वाले सजग प्रहरी। वे बेचारे 'कभी तो कोई रोल मिलेगा' के इन्तज़ार में परदामैन का काम करते।

मेरे ऊपर घनी जिम्मेवारी होती। लीला कोई हो, शुरुआत सरस्वती-वंदना से होती। दो हाथ की सरस्वती जी चचेरी बहन के सपोर्ट से चार हाथ की हो जातीं। मुझे ही आरती गानी होती। सरस्वती जी अपने दिव्य रूप में स्वयं ही आरती गाती सुपर इंडिपेंडेंट लगतीं। चाची लोग दीया-थाली रखने-बुझाने जैसे कामों में मदद कर देतीं।

यह रामलीला चूँकि शहरी बच्चे खेलते, इसलिए आरती में सरस्वती जी के हाथ में *मायापुरी, चंपक* और *चंदामामा* जैसी पोथियाँ होतीं। कभी-कभी, फ़ॉर अ चेंज, सन्तोषी माता की आरती हो जाती। पूरे घर को वह आरती याद होती।

हमारे गाँव की जितनी पट्टी के लोगों तक रामलीला की ज़ुबानी पर्ची पहुँचती, वे ज़रूर आते। हमारे पास अच्छे दर्शकों की भीड़ थी जो अपनी

आस्था में हाथ जोड़े हुए, हमारे द्वारा की जा रही जोड़-तोड़ की रामलीला पर अगाध स्नेह बरसाते।

हाँ, तो सरस्वती-वंदना के बाद दशरथ का दरबार लगता। अचानक ही राम जी माउ-माउ चलते मंच पर चढ़ जाते। अम्मा की करधनी ही उनके बच्चा होने की पहचान थी। वरना मुँह और देह की कोई करतूत राम जी से मेल नहीं खाती।

इसके बाद वनगमन। इसमें हमारे बाबा के आँगन में बैठे दर्शक बहुत रोते। चार भाई और एक सीता, मंच पर जगह न होने के कारण बारी-बारी चढ़ते-उतरते, कोल्हापुरी चादर के पीछे हो जाते। ठीक तभी कोई भाई पीछे से चिल्लाता—'माई, भीख दो।'

सामने सभा को पता नहीं चलता, पीछे सीताहरण हो जाता।

कट-टू-कट भरत का प्रकरण।

बाबा का खड़ाऊँ सिर पर रखे, भाई का आशीर्वाद लेते भरत की आँखें नम हैं। इतने में पीछे कहीं वानर के कूदने की आवाज़ आती और सीता अँगूठी लेकर प्रमुदित मंच पर सवार होतीं। लड़ाई की प्रस्तावना सीताजी लिख देतीं।

अब क्योंकि मैं कथक जानती थी तो इसी बीच मेरा एक आइटम नाच हो जाता—*आज पनघट पे नन्दलाल छेड़ गयो रे*...इसके बाद हमारे पूरे कलाकार तीर-धनुष, झाड़ू-तलवार, लाठी लेकर गद्दे पर मार-काट मचा डालते। इसमें यह बात कभी सामने नहीं आई कि कौन किसकी सेना है। जनसंख्या के हिसाब से मदद पहुँचाई जाती।

पन्द्रह मिनट के धूल-धूसरित संग्राम के बाद राम जी अपना गुलाबी दुपट्टा

कमर में कसते हुए सीता का हाथ पकड़ते। अब फिर सब कलाकार मंच पर इधर-उधर चढ़ते-उतरते अयोध्या पहुँच जाते। फिर आरती होती।

कुछ कलाकार इसमें मूक-बधिर ही रह जाते। वो बाद में कसर पूरा कर लेते। सरस्वती का हाथ बनी बहन गुदड़ी के नीचे एक-एक साँस को तरसती। परदा लेकर दाहिने-बाएँ भागने वाले अनुचर की स्क्रिप्ट कभी नहीं लिखी गई।

यह हमारी लीला थी। यही हमारा बचपन था। हर पल बदलती कथा का नाम था—रामलीला। सीता का दुख बारी-बारी सबने सहा। हनुमान सरीखे दोस्त का सपना किसी का पूरा नहीं हुआ कि कोई छाती चीर दे और दिखाए—'देखो, तुम हो भीतर।'

ख़ुद ही सरस्वती बनी, ख़ुद ही आरती गाने वाली लड़की ने तभी जान लिया था, ज़िन्दगी बड़े रोल निभाने देगी। राम के लौटते ही मनती दीवाली ने कितनी बुज़ुर्ग आँखों की रोशनी छीन ली। न जाने कौन सीता को ले गया। न जाने कौन-सी वाटिका से विरहन अब तक आवाज़ लगा रही होगी।

वही थी रामलीला। पात्र जितना चाहे, उतना झेले दुख। जब चाहे ब्रेक, जब चाहे नाच की जगह। चमकने वाले सभी मुकुटधर राजसिंहासन पर बैठते। सीता के बिछड़ने के दर्द को कौन-सी कलम ने लिखा!

*

सारे कलाकार मंच समेत खो गए। अब परदा ही परदा है। कब कौन-सा परदा हटाएँ कि तेजोमयी आँखें नम न दिखने लगें। कितने ही पात्र

ज़िन्दगी से हार गए। किसी को किसी बीमारी ने जड़ बना डाला। अब जब सबके पास कहने को तमाम वनवासों की कहानी है, कोई साथ नहीं।

रामलीला हमने ख़ुद लिखी, वनवास सबकी क़िस्मत ने। सब मद्धिम-सी आँच में जल रहे। कचरे के ढेर पर जली लंका का धुआँ भर बचा है। कमबख़्त आँखें बार-बार कड़वी होती जाती हैं...

## हम रामलीला से ज़िन्दगी सीख रहे थे

कुछ खेलों की पारी बड़ी लम्बी होती है।

प्राथमिक पाठशाला के आँगन में राम के विछोह में जार-जार रुदन करते दशरथ को हमने बर्तन माँजते देखा। हम उनकी व्यथा से व्यथित थे। हमने बर्तन को नज़रअन्दाज़ किया और दशरथ की आँखों के उमड़े समन्दर में डूब जाना चाहा।

रात की एक घंटे की रामलीला से हम कभी न उबरते। तब भी नहीं, जब गाँव के सरपंच के साथ राम-रावण सुबह-सबेरे लोटा ले के खेत की तरफ़ जाते। हमारे कमान में रखे सरकंडों के तीर आग उगलते। यह वही रावण है न, जिसने जोगिया साड़ी वाली सीता को उठा लिया था बलात्! हमारी आँख से परदा न उठता, न गिरता।

सीता बीड़ी फूँकती कोई लड़की नहीं, कोई दुबला-सा लड़का होता। अगले दिन के खेल के लिए ब्लाउज़ में गोटा लगाता पाठशाला के छत पर बिरहा गाता। बच्चे पूरे दिन मंडली के इर्द-गिर्द ताक-झाँक करते। कौशल्या को मसाला पीसते देख हम उदास होते। पथरी के दर्द से परेशान हनुमान मेरे पिताजी से दवाई लेता। हमें वह पूरी संजीवनी उठाकर उड़ता नज़र आता।

कुछ सच हम देखना न चाहते, कुछ हमें दिखता ही नहीं।

राम के मुकुट में मोती टाँकता गाँव का कोई मउगा आदमी था जो उनके काम करता। सब्ज़ी काटने, चूल्हा में लकड़ी लगाने और आम की चटनी बनाने तक के। हम राम के साथ चौदह बरस की वनवास यात्रा पर थे। हम सीता के साथ महल का सुख छोड़ पति के पीछे चल पड़े थे। हम दशरथ की हूक के साथ विचलित हो कितनी ही बार राम-राम पुकारे थे। हमने सुनहरे मृग और रावण को अपनी मासूम ज़ुबान में सरापा था।

हम रामायण थे। हम मंच की बड़ी चौकी थे। हम परदे की तरह इस-उस पार से खींचे जा रहे थे। हम चटनी में मिर्च की तरह पीसे जा रहे थे।

*

लीला लगातार चल रही है। लालटेन अँधेरी गली से होता किसी मंच तक पहुँच रहा है। हम कपड़े बदल अपना रोल निभा रहे हैं। हम ज़िन्दगी की खुली पाठशाला के आँगन में बैठे *ठुमक चलत रामचन्द्र, बाजत पैंजनियाँ* गा रहे हैं। सपने वन को जा रहे हैं। रामलीला के दशरथ की आवाज़ की तड़प पूरे माहौल को आँसुओं से भर रही है—राम...राम! दुख में जीवन बिताने वाले राम के रामराज्य पर हम ताली बजा रहे हैं।

*

नाटक के ये परदे कोई बन्द कर दे...पखुरी में दर्द है...संजीवनी के भार से कुछ देर मुक्त होना चाहती हूँ...

# जिन्हें हम जानना चाहते थे

कैसी-कैसी गलियाँ! छोटी-छोटी सीढ़ियों से ऊपर को जाते कमरे। कुछ घर अजूबे ही थे तब के। सीढ़ियों पर चढ़ना कौशल था। बिना रेलिंग की सीढ़ियाँ। कैसे बहुएँ बाल्टी भर-भर कपड़े ले उतर जातीं सुरंग-से आँगन में। फिर करामाती सीढ़ियों से चढ़ आसमान पर कपड़े सुखा आतीं। ऐसे घरों में ख़ूब जाना होता। इन घरों में मुख्य दरवाज़ा हमेशा खुला रहता। जब भी प्यास लगती, हम इन दरवाज़ों में समा जाते और हैंड पाइप चलाकर पानी पीते। इतनी पूछताछ नहीं होती थी तब।

बड़े परिवार के ऐसे घरों में शादी-ब्याह होते रहते। होते रहते नए-नवेले बच्चे। पूरे मुहल्ले में ताली गूँजती। तब लोगों को समझ में आता कि कहीं बच्चा हुआ। वो हिजड़े थे। हमारे आकर्षण के केन्द्र। किसी भी घर जा वे ताबड़तोड़ ढोलक बजाते, ठुमका लगाते। साड़ी, पैसा, अनाज से नहीं मानते थे हिजड़े। कहीं लड़का पैदा हुआ तो बस वे ज़िद लगा बैठते कि सोने का सामान चाहिए। घर की बड़ी सास या ददिया सास उनसे डील करती। ख़ूब ताली, ख़ूब गाना। नन्हे बच्चे को गोद में ले ये लोग नाचते

रहते। बड़ा ख़ास लगता यह सब। तब *सज रही गली मेरी माँ चुनर गोटे में* गाने का बड़ा क्रेज था। ख़ूब साड़ियाँ और नज़र उतारा लेकर वे लोग विदा हो जाते। हम बच्चे बाद में ताली मारने और गीत गाने की कोशिश करते। मुहल्ले के बेहूदे लोग इन हिजड़ों से उलझते तो ये अपनी साड़ी उठा देते। साड़ी के नीचे का रहस्य बहुत लम्बे समय तक मन में था।

मैं हिजड़ों का इन्तज़ार करती। जैसे ही ताली-ढोलक की आवाज़ गूँजती, मैं भागकर उन तक पहुँच जाती। ये तेज़ पाउडर की गमक से भरे होते। गहरे लिपस्टिक वाले होंठों में ये बीड़ी पीते। भारी आवाज़ में बोलते, बाल सँवारते और उन घरों में चले जाते जहाँ लम्बे घूँघट में पतोह बच्चा गोद में लिये बैठी है। बस, शुरू मोल-तोल।

इन सबके रंग साँवले थे। ये एक रिक्शे पर चार लोग बैठ जाते। ये जाते तो मुहल्ले के लड़के ताली बजाकर सज रही गली मेरी अम्मा वाला गाना गाते रिक्शे के पीछे दौड़ते। ये गालियाँ देते, पान चबाते, ताली बजाते पता नहीं किधर खो जाते थे।

# है क्या कोई रास्ता लौटने का

## माई तेरी चुनरिया लहराई

हम खालिस देसी उद्दंड बच्चे थे। हमने पाखाना को पाखाना, टट्टी को टट्टी बोलने में कभी शरम न महसूस की। अम्मा कोई संशोधन भी नहीं करतीं।

दिन भर अचर-पचर खाकर रात में टट्टी-पेशाब वाले बच्चों की अम्मा सोती नहीं थीं। पाखाने के बाहर बारी-बारी से खड़ी रहकर हमारे वीर रस वाले गीत सुनतीं। हम असुर थे। अम्मा कहतीं। एक खटिया पर उनकी छाती पेट से लगी न हो तो हमें नींद कौन दिलाए।

अम्मा के हाथों की बनी फ्रिल वाली फ्रॉक दुनिया की सबसे क़ीमती फ्रॉक रही। ख़ूब पहनी हमने। बस, छाती पे रेडीमेड मखमली तितली न बैठ पाती। तो क्या! उसी फ्रॉक में दाना-भुजा रहता। उसी में कंकड़ ढोया जाता। उसी में गोटियाँ आयात-निर्यात होतीं। हम उसी फ्रॉक को झार-झूरकर गहरी नींद सोते। जीवन सरल था।

लोरी-लल्लबी वाले लाड़ले तो हम क़तई नहीं थे पर देर-सबेर भी

नमकीन- पूड़ी-चाय की डिमांड अम्मा गीत गाते हुए पूरा करतीं।

कितनी सुन्दर राजरानी-सी न तो अम्मा थीं, न हम परियों की तरह उजले मखमली। हम खाँड़-माड़ वाले बच्चे थे। *लभ यू, अम्मा* नहीं बोलते थे; पर अम्मा जब बर्तन माँजतीं, हम उनकी पीठ पर झूलते रहते। वही जमीन आसमान था हमारा।

घरकच बतियाना हमारी ऑल टाइम फेवरेट बात थी। घर-परिवार से बाहर की दुनिया में हम क्या ही क़दम रखते! तय नियमों के तहत हम एक घर से सीधे दूसरे वाले में आए और अचानक बेबस, बड़े बन गए।

हर हाल अम्मा याद आती रहीं। बताती रहीं। संयम सिखाती रहीं और समय-समय पर बुलावा भेजती रहीं कि आ जाओ, छह महीना हो गया देखे। ऐसे पोस्टकार्ड वाले सन्देशे कभी भी ख़ुशियों से भर देते। अम्मा ही समझ सकती थीं, कैसे गृहस्थी में धीरे-धीरे पगा जाता।

बिस्तर के बग़ल में लगने वाले बिस्तर पर हरसिंगार-सी फैली होती अम्मा के बच्चों की महफिल। हमें कौन-सा दुबई जाना था शॉपिंग करने! गोदौलिया में साड़ी, विश्वनाथ गली से चूड़ी-सिंदूर और केसरी रेस्टोरेंट में डोसा। दुनिया उससे लम्बी कौन नापे! ग़ज़ब की रौनक वाले दिन।

ब्याह के बाद हमारे मन को राहतों की ज़रूरत अम्मा पूरी तो करतीं, पर अन्दर की पीड़ा से अनजान रहतीं। जो जैसा जिसे मिला, वही भाग्य। हम दूर हुए। अम्मा अकेली और उदास। खटिया एक्स्ट्रा होकर छत पर चली गई। घर में जगह ज़्यादा निकल आई, पर हम अपनी-अपनी क़ैद से कम निकले। लम्बे विछोह और उदासी के बाद अम्मा चली गईं। सारे त्योहार, उत्सव और हमारे बुलावे का पोस्टकार्ड लेकर।

*

दिन बुरा चल रहा, अम्मा। हम लोग हिम्मती भी हो गए हैं। इन दिनों रात डरावनी हो चली है। आपके नैहर गाजीपुर की एक धधकती तसवीर दिखी आज। आप देखतीं तो हुड़क ही जातीं। घर के घर उजड़ गए। एक बेटी ने अकेले के बल अपनी माँ को मिट्टी में दबाया। तसवीरें और हक़ीक़त सब एक हैं। अच्छा है, नहीं हैं आप; पर अच्छा होता जो गर होतीं। हम बतकुच्चन करते। सब जुट के कोई बेसुरा गीत ही गा लेते। पाखाने से सुनाते रहते कविता-कहानी।

दर्द पर आज भी कारगर है गरम कपड़ा। बड़ी ज़रूरत आन पड़ी है, अम्मा। सब डूब रहे। सब खो रहे। सब बिलख रहे। माँओं का आँचल तो अनन्त होता है न! तो बस, सबको समो लो अपने में। हम डरे हुए हैं।

*

सुना, मदर्स डे है। है क्या कोई रास्ता लौटने का?

# औरतों का अखाड़ा कोई और होता

बचपन के मुहल्ले में हम गली-गली घूमते थे। किराये के घर के पीछे मन्दिर का बड़ा अहाता था। सभी भगवान अलग-अलग नन्हे मन्दिर में। छोटा कुआँ भी था। ढेर जगह भी थी। उसी में था एक अखाड़ा। बनारस में लँगोट और गमछी में लोग बड़े आराम से घूमते। उस अखाड़े में तरह-तरह के वज़न का मुगदर भी था। जिसे बड़े पहलवान फेरते।

हम उनके रोज़ के दर्शक थे। कटोरे के तेल की मालिश से जाँघ पर थाप देते। एक दूसरे को पटकते। ख़ूब पीली मिट्टी थी। उनके न होने पर हम बच्चे उसमें घुलटनियाँ मारते। जाँघ पर ताल बजाते और ख़ुद ही चित हो गिर जाते। हमारी बड़ी इच्छा थी कि कभी तो ये बड़े पहलवान हमें भी कोई दाँव लगाकर इस मिट्टी में पटकते, पर ऐसा नहीं हुआ कभी।

लड़के तो फिर भी थोड़ी मस्ती कर लेते। शर्ट उतार के घूमते, मिट्टी पोतते और पहलवान लोग की पीठ पर कूदते। वे लोग उनकी टाँग पकड़ के मिट्टी में गिरा देते।

लड़के बड़े शान से घर लौटते। जैसे दो शेर भिड़े हों।

अम्मा से मन की बात बताई कि अगर मैं शर्ट पहनती तो उतार के भिड़ जाती, पर बात शर्ट भर की नहीं थी। अम्मा सोये में भी हमारी फ्रॉक जाँघ तक ढकतीं और कहतीं—औरतों का अखाड़ा कोई और होता। वे किसी और मिट्टी से, किसी और मिट्टी में पटकी जातीं। कटोरे का तेल भी होता जाँघ पे। वे ताल नहीं बजातीं। वे बचाती हैं।

चौकोर अखाड़ा नहीं उनका। वे गोल दुनिया में गोल-गोल चक्कर लगातीं। ये सब दाँव पे चित होतीं। ये ख़ुद मिट्टी झाड़ उठतीं और अखाड़े की माटी अपने माथे लगातीं। ज़िन्दगी और समय पटखनिया देता इन्हें।

हम गहरी नींद में हैं। अम्मा ऐसे ही बड़बड़ा रही हैं।

## पत्तल, दरी और कसोरे वाली लड़कियाँ

हम पंगत में बैठे हैं। पत्तल पर तीन तरह की सब्ज़ियाँ हैं। कसोरे में दही-बुनियाँ हैं। पुरवे में पानी है जो ज़्यादा लोगों के सामने लुढ़का हुआ है। उसी पानी में एस्केटिंग करते हुए बाल्टी से खाना परोसते लोग हैं। ये घर के सबसे जवान लड़के हैं। ये लड़कियों के पत्तल में बिना माँगे ही और-और सब्ज़ी डालते हैं। लड़कियाँ मुस्कराती हैं। ये बाल्टी लेकर झूम जाते हैं। खाने के पत्तल पर छूट ही जाता है ज़्यादा परोसा खाना। ये लड़के उन पत्तलों को बटोरते हुए लड़कियों की महीन उँगलियाँ छू लेते हैं जो उन्होंने लड्डू के चूरे में बूँदी के कसोरे में छोड़ी हैं।

मुलाक़ात पंगत में हुई थी। एक मुस्कराहट से टकराई थी और पुरवे के पानी की तरह मन की ज़मीन पर फैल गई थी। आज भी बिछल जाता है पैर। हम अपनी तंगदीवारी ज़िन्दगी में किसी छत पर, किसी आँख में, किसी मुस्कराते सपने में अपनी उँगलियों की छुवन छोड़ आए हैं।

एकान्त की छत की सीढ़ी से लजाती लड़कियाँ नीचे उतर आई हैं और भीड़ का हिस्सा बन गई हैं। कसक है कि जाती नहीं। पत्तलों की चर-मर अब संगीत में बदल गई है।

उदास मुस्कराहट है छतों से उड़ गई गौरैया...

## हम बड़े हो रहे थे

इतने आसान और अनपढ़ बचपन वाले खेल होते थे। ज़िन्दगी से भरे।

बचपन में हर लड़की औरत बन खाना पकाना चाहती है। हर लड़का बाहर नौकरी करने या खेती कराने जाता है। लड़की फ्रॉक पहनती है और फिर सीधा साड़ी। लड़का बनने के लिए पैंट पहनते। किसान बनने के लिए गमछा सिर पर बाँधते।

हमारा राशन तमाम पेड़ के पत्ते होते। चूल्हा हमेशा सच का होता। आँगन गोबर-मिट्टी से लीपा होता। हममें से कभी-कभी कोई शादी-ब्याह रचाता। दुल्हन के लिए बस घूँघट ज़रूरी था और दूल्हे के लिए चमकती टोपी। हमारे दोनों भाई अपने दोनों हाथों की डोली बनाते। उस पर दुल्हन बैठती। दुल्हन घर के बाहर का चक्कर घुमाकर घर में आ जाती। हमारे खेल में विदेश भी बस चार मीटर दूर होता। झगड़े तो होते ही नहीं थे।

पर जैसा कि घर में देखते, औरत सबको खाना परोस देती। बचता तो

खाती, नहीं बचता तो गुड़-पानी पीकर मुस्कराती। उसका काम हमेशा ख़ुश रहना था। उसकी ख़ुशी खाना बनाने, खिलाने, बर्तन माँजने में थी। उसके पास सूई-धागा होता। वह सबके कपड़े-बटन दुरुस्त करती। उसकी नींद का कोई समय नहीं होता। कोई कभी भी आवाज़ दे वह तैनात खड़ी हो जाती।

पक्के घर में मर्द रहते। कच्चे घर में औरत। ये साँप-बिच्छू से अभ्यस्त होतीं। चिमटे से पकड़ घर के बाहर कर देतीं। ये घर के दुरूह अँधेरे कोने में भी रेशमी धागे की कढ़ाई कर सकती थीं।

हमने ऐसी ही औरतें देखीं। ये शाम उतरने के पहले बित्ते भर के आईने में बालों को कसतीं। गाल पर पाउडर मलतीं और माँग में दो बित्ता लम्बा सिन्दूर। यही साज-सिंगार। इसी सिन्दूर की लम्बी उमर के लिए लम्बा व्रत-उपवास। जूठन वाली थाली इनके लिए प्रसाद की तरह होती। उसमें छोड़े दो निवाले से भी ये तृप्त हो जातीं। बाद समय कुछ समझदार मर्द अपनी थाली में ज़्यादा दाल छोड़ने लगे ताकि ये ठीक से खा सकें।

हमारे खेल में औरतों का खेल शामिल था। हमारे खेल में मर्दों का अक्खड़पन था।

हमारे काल्पनिक बच्चे कड़ुए तेल से मालिश के बाद घंटों धूप में खेलते, फिर छाती का दूध पीते। औरत बच्चे को पिलाते वक़्त ही अपने हिस्से की झपकी ले लेती।

अम्मा पूरी आँगन थीं।

हमने अपने छोटे-से घर में हर तरह के चूल्हे पर खाना बनाना सीखा। हम उतना ही सीख रहे थे, जितना सिखाया जा रहा था। बस, किसी और घर

से बेइज़्ज़ती कर हम निकाल न दिए जाएँ। हमारे साथ कोई प्रेमकथा न जुड़ी हो कि चरित्र पर उँगली उठाने लगें लोग। तमाम उदाहरण घर में ही थे। हमारे लिए क्यों कर कुछ स्पेशल सोचा जाता।

किसी होली, किसी कॉलेज-दोस्त के कहने पर माँग में लाल अबीर भरकर पहली बार आईना देख रही थी। मन में सब चटक गया। सपने को कभी ठौर नहीं मिलता।

घर प्यार से नहीं, एडजस्टमेंट से चलते हैं।

# आँख बन्द करने से दर्द नहीं होता

सूई लगाने पर आँख बन्द रखते थे। दर्द देने वाले को देखा नहीं। सहा तब भी, और अब भी। आँखें खोल लूँ तो देख लूँ तुम्हें। धर लूँ हाथ कि बस, कुछ कहना है मुझे। बिंधने से पहले सुनो तुम।

बचपन के कुछ सबक ही सही नहीं। कोई बात नहीं। सब ठीक हो जाएगा...

नहीं कुछ ठीक नहीं होगा। ठीक करना होगा। आँखें खोलनी होंगी। कान छिदवाते समय जीभ काटना...जय राम-जय राम बोलने की बेवक़ूफ़ी आज भी...

दर्द तब भी होता था। बहला दिया जाता है आज भी। परिवार शर्मिंदा हो जाएगा—के ख़ौफ़ से। सहते जाने के रिवाज को निभाते जाने का ज़ुल्म...

बस भी करो। बोलने दो। सुनो तुम भी। जहाँ ज़रूरत है, चीख़ो पूरी ताक़त से; कुछ सड़ी रीतियों और बदतर सोच की जंग लगी प्रथाओं के जकड़े तालों को खोलने के लिए...

आवाज़ तो बुलन्द करनी ही होगी।

सलवटों में छुपे दर्द का नाता बड़ा पुराना है

## भाईनामा

मैं कक्षा आठ में थी। छह और सात पढ़े बिना मुझे बड़ी क्लास में डाला गया। फेल होने को तैयार थी पहले ही दिन से, जिस दिन अंकगणित, बीजगणित की किताब देखी।

एक क्लास थी गृहविज्ञान की। उसमें परीक्षा होती। अब मुझे ठीक से याद नहीं पूरी बात। जो याद है वह यह कि मुझे सलाद बनाने को बोला गया था। तब सलाद का मतलब पता नहीं था। अम्मा बोली कि मैं आटे का हलुआ बना दूँ। मैंने सलाद पर मिट्टी डाली और अगले दिन गृहविज्ञान की परीक्षा में लगने वाले सामान बाँधने लगी। तय हुआ कि भैया साइकिल से मुझे छोड़ेंगे। मेरे पास तीन झोला सामान था। पहले में अग्नि स्टोप, बत्ती वाला। दूसरे झोले में कोई एक किलो आटा, एक किलो शक्कर। तीसरे में कढ़ाई, पौनी, घी, चम्मच, प्लेट, कटोरी।

यह तैयारी मेरे घरवालों ने मेरे लिए की।

अगले दिन दही खाकर परीक्षा के लिए चली। भैया अपनी तमाम

बदतमीज़ी के स्टंट साइकिल पर दिखा रहा था। मुझे कैरियर पर बैठने से डर लगता था। मैं बोली, डंडी पर बैठा लो। अम्मा ने कैरियर पर स्टोव वाला झोला बाँध दिया। एक झोला हैंडिल में टाँगा गया। एक झोला पकड़ मैं डंडी पर बैठ गई।

यात्रा मेरी चौकाघाट से मैदागिन तक की थी। भाई साइकिल हिला-डुला कभी मुझे गिराने की धमकी देता तो कभी पैडिल, कभी कैंची टाँग मारता अपनी बदमाशी की सीमा लाँघ रहा था। चेतगंज आते-आते साइकिल की डंडी पर बानर की तरह बैठी मैं भयंकर उकता चुकी थी।

मैं अपने हिसाब से हिली-डुली। भैया हैंडिल मोड़ने की जगह मेरे पीठ पर घम्म जमाने लगा और साइकिल मेरे पूरे गृहविज्ञान के साथ ठीक चौराहे पर गिर गई। तब बनारस में रास्ते के किनारे खुली नाली हुआ करती थी। अपनी पूरी गृहस्थी समेत मैं उसी में गिरी। आटा चौराहे पर और स्टोव पता नहीं किधर फेंका गया। भैया साइकिल उठाकर हँस रहा था। मुझसे बोला, 'चुप्पे नरिया से उठो, सामान बटोरो और सीधे चली जाओ। स्कूल नजदीक है।'

इतनी बेइज़्ज़ती के बाद मैं चौराहे पर आटा बटोर रही थी। झोले में भर रही थी। सब झोले कंधे पर उठा मैं स्कूल जाने लगी। मेरी चोटी खुल गई थी। स्कर्ट में गन्दगी लगी थी। भैया पीछे से साइकिल से आता मुझे बोल रहा था, 'बिलरो, घरे कुछ न बताया। नाही त कब्बो न छोड़ब स्कूल।' आटे का मुँह लिए मैं स्कूल में गई।

मुझसे किसी ने कुछ नहीं पूछा। मैं स्टोव लगा के थरिया में आटा निकाल के एक कोने में घंटों बैठी रही। पता चला, परीक्षा ख़त्म हो गई। मैं तीनों झोले लेकर घर आ गई और बहुत रोई।

सलाद बनाने को दिया। घरवाले आइटम बदल दिए। भाई ने साइकिल से गिरा दिया। स्कूल में कुछ पूछा नहीं गया।

दो दिन बाद अम्मा पौनी खोजने मुझे चेतगंज भेज दी। किसी को हलुआ और सलाद से कोई मतलब नहीं था। मैं गृहविज्ञान में फेल हुई। कौन साला अपने बच्चे को तीन झोले देकर स्कूल भेजता है!

भैया आज तक यही बोलता है कि मैं मोटी थी, डंडी में फँस गई। हैंडल नहीं घुमा पाए, गिर गए।

आज भी सलाद बोलते ही पब्लिक हँसती है मेरे ऊपर कि 'का बिलरो चलबु हलुआ बनावै...'

# हम बस रोल नम्बर थे

दसवीं क्लास का फ़ेयरवेल था। 9 बजे सुबह आना था अपने मनपसन्द कपड़े में। सब पहुँचे। मैं भी। अब तक कभी मैंने फ़ेयरवेल देखा नहीं था तो उसमें क्या होता या क्या नहीं होता है, यह भी नहीं मालूम था।

सब एक बड़े हॉल में बैठे। नवीं की लड़कियों ने कुछ गीत गाए। उन्होंने दसवीं की कुछ लड़कियों को भी खड़ा किया गाने के लिए। फिर कुछ लड़कियों को कार्ड दिए गए। जो ख़ास थीं, उन्हें फूल भी दिया गया। पूरे क्लास को समोसा दिया गया खाने को।

मैं उन विशेष लड़कियों का पीला गुलाबी कार्ड एक बार देखना चाह रही थी कि आख़िर उसमें लिखा क्या है। उनमें कुछ शायरी थी। किसी के सुन्दर बालों पर या किसी की ख़ूबसूरती पर तो किसी से भविष्य में मिलने की चाह थी।

मैं घर आ गई। एक बड़ी भीड़ की क्लास में मैं कहीं दर्ज नहीं थी। कुछ लड़कियाँ कभी किसी के लिए कुछ नहीं होतीं। क्या उनसे कोई मिलना

नहीं चाहता? मैं उदास थी। मुझे लगा, ख़ास लोग अलग होते हैं। वे सिर्फ़ समोसा नहीं खाते। उनके हाथ में फूल होता है, कार्ड होता है। उन्हें लोग गले लगाते हैं।

हम बस रोल नम्बर थे।

# दर्द वाली पहली चिट्ठी

दस बरस की थी। हम किराए के मकान में रहते थे। मुहल्ला जैतपुरा, वाराणसी। हम जिस घर में रहते, उसकी छत पर एक टूटी बरसाती थी। वहीं रहती थीं सुखदेव की मौसी। हाँ, वही खोमचेवाली; जो रोज़ सुबह-शाम अपने काँपते सर पर पूरी दुकान उठातीं और चली जातीं लड़कियों के स्कूल के पास, जहाँ बिक जाते उनके बनाए सारे खट्टे-मीठे आलू। मूँगफली या फिर रामदाने के लड्डू।

मौसी अपने एकान्त की दोपहरी में मुझे मेरे घर से, इशारे से बुला ले जातीं। कहतीं, 'ए पिनका (पिंकी), एक ठो काम रहा।' मुझे आज तक समझ नहीं आया कि मेरे घर में मेरे बड़े भाई-बहन या अम्मा को भी उन्होंने अपने उस काम में क्यों न शामिल किया!

मेरे जाते ही वे मुझे एक पीढ़ा देतीं। ख़ुद एक टूटे मोढ़े पर बैठ जातीं और धीरे से एक पोस्टकार्ड निकालतीं मेरी ओर—'हमरे भैया के चिट्ठी लिखे

के रहा।' मेरे हाथ में एक पेन थमा देतीं। ख़ुद एक दफ्ती पर पोस्टकार्ड रख नज़दीक खिसक आतीं। मैंने ज़िन्दगी में तब तक किसी को चिट्ठी नहीं लिखी थी। हाँ, चिट्ठियाँ पढ़ी ज़रूर थीं।

मैंने आज जाना कि ऐसा करते उस ख़ास समय में मैं बहुत बड़ी हो जाती। इतनी कि तीस बरस पहले सुखदेव की मौसी की सफ़ेद हुई साड़ी का दर्द जान सकूँ। इतनी कि 'कौनो लइका न भवा तौ घर से भगा दिहिन' की बेचारगी समझ सकूँ। मिर्जापुर से दूर किसी गाँव से बोझ मानकर निकाली गईं मौसी जो पिछले बीस सालों से अपने सर पर खोमचे का बोझ उठाती फिर रही हैं, वे अपने ज़रूरतमन्द भाई को हर महीने चिट्ठी में क्या लिखवाना चाहती हैं और मैले-फटे सभी रुपयों को अपनी गाँठ से निकाल क्यों भेज देती हैं! अपना अपमान कैसे भूल पाईं मौसी?

'क्या लिखना है, मौसी?' के सवाल पर मौसी कहतीं, 'अरे, एही कि भइया के मालूम कि इहाँ सब कुसल-मंगल है।' इसके बाद वे चुप हो जातीं। उनकी आँखों से टपकते आँसू बोलते और मेरी कलम। मैं उनकी झुर्रियों की हर तह में जाकर उनके सारे सवाल खोज लाती। जो वे पूछना चाहतीं, जो वे कहना चाहतीं।

कैसे हो भैया...घर में कौन कौन है...भतीजा कितना बड़ा हो गया...भाभी का हाल-चाल... घर-दुआर...सखी-सहेलियाँ—मौसी को पता नहीं होता, मैंने चिट्ठी में क्या-क्या लिख दिया। वे मेरी अँजुरी रामदाने के लड्डू से भर देतीं। मैं अपने अन्दर एक ख़ाली आसमान लेकर वापस आ जाती, जहाँ बादलों की आवाजाही कोई नहीं देखता।

मौसी को जवाबी चिट्ठियों में उन सवालों के जवाब मिलने लगते जो वे जानना चाहतीं। वे आकर मेरा माथा चूम लेतीं।

फिर किसी दोपहर के एकान्त में मैं मौसी की ज़िन्दगी जीने उस पीढ़े पर बैठ जाती। औरत का मायका बड़ा मज़बूत होना चाहिए—का सच लिखती हुई मैं दस बरस की उमर में बार-बार बुज़ुर्ग हो जाती।

सलवटों में छुपे दर्द का नाता बड़ा पुराना है। तुम पहचानते हो न मुझे?

## नाम गुम जाएगा

ज़्यादातर औरतें घर की हाज़िरी बुक में 'रौनक बो', 'जीतेन्दर बो' बुलाई जाती रहीं। हम कमअक्ल बच्चों को कभी सूझा ही नहीं कि इनके नाम भी होंगे। घर के बड़े परिवार में किसी-न-किसी 'बो' की पुकार आती और बन्दी हाथ का खाना रख, सूप का चावल रख, घूँघट काढ़े खड़ी हो जाती। जब घर की बुज़ुर्ग महिलाएँ आँगन-रसोई का कारोबार सँभालतीं, बाहर वालों से बात कर लेतीं, सब्ज़ी, तेल, मसाला का झोला पकड़ लेतीं; वो भी दरवाज़े की ओट से।

जब थाली में गरम-गरम रोटी डाली जाती, चार-पाँच भाइयों और पिता की पंगत होती। रोटी फुलाने और उसमें उँगली से छेद कर देशी घी भरने और भागकर आख़िरी कौर के पहले थाली में रोटी परोसने में इन औरतों की साँसें रुक जातीं। फीकी सब्ज़ी की एक नन्ही-सी टेर से भी ये झटपट धनिया-मिरचा पीसने लगतीं।

कोई-कोई 'बो' के शौहर थाली में खाना छोड़ देते। यह खाना और

मन्दिर का प्रसाद एक-सी मान्यता रखते। बाद बची औरतें रगरा भरवा, नमक, प्याज़ से खाना निपटातीं। हरी सब्ज़ियाँ इनके पहसुल पर अपने रंग छोड़ जातीं।

बाग़-बग़ीचे वाले घर में बियाही गई छोरियाँ दुवार तक का मुँह न देख पाईं कभी। हम छुट्टियों में इनसे मिलते, तब भी ये नाक तक घूँघट रखतीं। ये हमारे मुलायम बालों में तेल लगातीं। बबुनी-बबुनी बोल हमें लाड़ लड़ातीं। हमसे बात करने भर से ये शहर-फ़िल्म-गाने के नज़दीक पातीं ख़ुद को। इनके नाम कभी नहीं बुलाए गए!

इनकी पाठशाला के पुराने रजिस्टर में लिखा इनका नाम तितली-भँवरा-जुगनूँ बन गया होगा। लिल्ली, घोड़ा, राम जी का हाथी भी। इनके नाम का भँवरा भी उतरता आँगन में। जीतेन्दर बो—की पुकार पर टेंट-सा मुँह छुपा भागती ये औरतें मेरे घर की बहुएँ थीं।

हम आज भी इन्हें नाम से नहीं जानते...

## बच्चे पागल नहीं होते

'माता जी कहाँ हैं?'' माता जी मर गईं। चिता, श्मशान, राम नाम सत्...'—वो जितराय मामा थे। लगातार ऐसे ही बोलते, हँसते, ताली बजाते। हम बड़ी दूर से चिल्लाकर पूछते, 'माता जी कहाँ हैं?' वही जवाब, 'मर गई, श्मशान...' बच्चे उनसे डरते थे। उनकी तेज़ बजाई गई ताली में एक क्रूर अट्टहास होता। सब कहते, 'पागल हैं।' माता जी और घर के सभी बड़े-छोटे उन्हें 'वीरजी' बुलाते। कोई 35 या 40 के रहे होंगे उम्र में। शरीर से स्वस्थ, पर मन के बीमार। अपनी तरफ़ से कोई बात न करते, पर कुछ भी पूछने पर वही जवाब देते। कई बार कुछ नहीं बोलने पर ख़ुद ही बोलते, 'माता जी मर गईं...'

ख़ाकी हाफ़ पैंट और बनियान, यही उनका बारहमासी कपड़ा था। सर्दियों में माता जी उन्हें बड़े मनुहार से एक आधी बाँह का स्वेटर पहनातीं, जिसे वे अक्सर निकालकर पानी में डुबा आते। और ख़ुद हमेशा एक ही रंग में डूबे रहते।

घर के सभी कपड़ों की धुलाई और पूरे घर की सफ़ाई वीरजी करते। उनकी बड़ी-सी थाली में ज़रा-सा खाना डाला जाता, जिसे वे पलक झपकते ही गटक जाते। दाल की कटोरी को देर तक चाटते और रोटी खाने के लिए और कपड़ा धोते।

बनारस का आसमान हमारे बचपन में रंग-बिरंगी पतंगों से पटा होता। उनकी छत से उनके ही और भाई-बहन बड़ी-बड़ी लटाइयों में रंगीन मंझा, रंगीन पतंगों से जब अपनी मौज़-मस्ती करते, वीरजी सबसे उलझी नखों को सुलझाते भीगे कपड़ों को पसारते हुए देर तक आसमान देखते। कटती पतंग को देख बेतहाशा छत के ओर-छोर भागते। नहीं बचा पाने के दुख से बेचैन हो ज़ोर से ताली पीटते। खाने की थाली को दूर कर देते, कपड़ों के रंग पर जम गए मैल को हाथ में लेकर मलते।

वीरजी कभी बीमार नहीं पड़े। सर्दी के दिनों में भी नहीं। जब सब धूप सेंकते, तब वे दो-दो बाल्टी कपड़ा धोया करते या फिर ख़ाली थाली लेकर माता जी के आगे-पीछे घूमा करते।

बात-बात में 'माता जी मर गईं' का नारा लगाने वाले वीरजी की माता एक दिन सचमुच मर गईं। जब पीले-लाल कपड़ों में उन्हें बाँधा जा रहा था, तब वीरजी अपनी ख़ाली थाली लेकर घर में घूम रहे थे। आने-जाने वालों के बिना पूछे रटते रहे, माता जी मर गईं...माता जी आख़िरी विदाई में घर की चौखट से बाहर निकाली गईं...वीरजी तेज़-तेज़ ताली पीटते रहे...

आज उस ताली में रुदन था। एक चीख़ थी। एक असहाय बच्चा था जो अपनी माता जी को जीते-जी कभी गले नहीं लगा पाया और 'भूख है' का आग्रह नहीं कर पाया। ढेर-के-ढेर कपड़े धोने से दुखती कमर की शिकायत न की कभी।

रास्ते से आ रही है 'राम नाम सत्' की आवाज़। लोगों ने वीरजी को कंधा देने के लिए अपने पास खींचा। वीरजी भागकर घर में चले गए। बाथरूम में धुले कपड़ों को भी धोया। तालियों में फटता रहा कलेजा। सबने पागल समझा। वीरजी ने ख़ाली थाली में शायद पहली बार देखा माता जी का मर जाना...श्मशान जाना, चिता, राम नाम सत्...

# कुछ क़िस्से कुछ कहानियाँ

## ज़िन्दगी का आईना

एक दोस्त नरगिस की तरह दिखती थी। नाटक और नृत्य में उसे सेंटर में रखा जाता। उसके बाल घुँघराले थे। रंग सफ़ेद। उँगलियाँ लम्बी। कलात्मक। आँखें गहरी ख़ूबसूरत। हम बस उसके आसपास होना चाहते कि खींची गई तमाम फ़ोटो में हमारे चेहरे भी आएँ। हम झुंड में उसे घेरकर घर तक चलते कि कोई सिरफिरा लड़का उसे देख फब्तियाँ न कसे। छू न ले उसे कि हो न जाए उसके चेहरे का नूर कम।

जबकि हम साँवली लड़कियाँ, ठीक उसी की उमर की, डरी हुई लड़कियाँ ही थीं; पर हमने सुन्दर लड़की को पहरे में रखा। हमारे स्कूल की आधी आबादी उसकी दीवानी थी। पर हम उस पर पहरा नहीं रख पाए। मथुरा का कोई पैसे वाला छोरा उसे उम्र के ठीक सोलहवें साल में अपनी दुल्हन बना ले गया।

बाद बरस 'दहेज़ में मारी गई लड़की गर्भ से थी'—के समाचार से भूकम्प-सा आया था मुहल्ले में...हमने उन घुँघराले बालों से जलने की महक सूँघी...

हमारे साथ की सबसे सुन्दर नरगिस आज भी हमारी तसवीरों के बीच अपने पूरे नूर के साथ एक अदा में क़ैद है। हम आसपास खड़े बड़े मूर्ख-से लग रहे हैं।

हमारी पहरेदारी में नरगिस महफ़ूज़ थी।

## ये दिन फिर नहीं आएँगे

एक दोस्त और मिली।

जाति-धर्म को साइड में रख प्यार किया। ज़िन्दगी का पहला प्यार। हाँ, नीले पानी के रंग वाली चिट्ठियाँ लिखीं। झील में साथ पैर डुबोये घंटों उसके कंधे से टिकी रही। क्लास से बंक मारा। आँख में काजल लगाये। होंठों पर गहरा रंग रखा। स्कूल बैग में छुपाकर रखा कोई चटकदार कपड़ा। और सारा दिन नज़दीकी पहाड़ों-नदियों-सड़कों की परिक्रमा करती रही।

प्यार सिनेमाई था। लड़की जानती थी, वह नहीं कर सकती शादी। उसके घर-परिवार को नहीं दे सकती धोखा। लड़के की आँखों में उसकी दुनिया समय की सीमा में बँधी थी। एक दिन उसने साड़ी पहनी, अबीर लिया और लड़के के सामने सीधी माँग लिये खड़ी हो गई। लड़के की जेब में सिन्दूर था।

लड़का जंग कर सकता था। लड़का भाग सकता था उसे लेकर। उसके

समझाने से कुछ न हुआ। अबीर वाली फ़ोटो खींची गई। लड़की चाँदनी-सी चमक रही थी। लड़का राख-सा रँगा। उसने पहले चुम्बन की बात बताई और झूम गई। हम दोस्त इस प्रेम के गवाह बने।

शादी के ठीक पहले जला दी गई अबीर वाली माँग। खाप की सज़ा से बेहतर सज़ा रही हो शायद। लड़की ने ज़िद में किया प्रेम। डर से दूर हुई। पहाड़, नदी, झील, सड़कों, नियम, क़ानून और डर की परिक्रमा करते वे एक हुए। फिर अलग।

अबीर वाली माँग में सच का सिन्दूर है, पर चाँदनी-सी वह मुस्कराहट ग़ायब है कहीं। बस्ते में चमकते कपड़ों का समय मनहूस किताबों की कहानियाँ बन गया। फ़ोन पर बचकाने फ़िल्मी प्रेम का अन्त हुआ।

*न तुम बेवफ़ा हो न हम बेवफ़ा हैं...*

## मुहब्बतों वाली लड़कियाँ

फ़िरोज़ी कविताओं से पहली बार मिली मैं। गोरी, भूरे लम्बे बाल। खिड़की पर बैठ वह घंटों नेलपॉलिश लगाती। बालकनी में खुले-धुले बाल झटकती। किताबों के बीच रखती प्रेमी की चिट्ठियाँ। कबीर, सूर, बिहारी की किताबों में उसके मुहल्ले का चितचोर एक आँख दबाता, लड़की गुलाबी हो जाती।

ज़ाहिर होती छातियों पर जरा बल खाता दुपट्टा। स्कर्ट कमर से खिसकती तो कमर नाप लेतीं आँखें। चुपचाप रोज़े रखती वह उसके लिए। लड़का दीवाली में पाजामा-कुरता पहनता। तेज़ आवाज़ों से गुज़रकर ये बालकनी से जुड़ी बालकनी में एक-दूसरे को निहारते। समय नज़र लगा देता बार-बार।

कविता में क़िस्से लिखते ये साथ जीना चाहते थे। इन्हें मुहल्ले-समाज से निकाल दिया गया। लड़की के पास सपनों की बेइंतहा ख़ूबसूरत दुनिया थी। लड़के के पास ज़िन्दगी को पटरी पर लाने की जद्दोजहद। परिवार से दूर हुए ये दीवाने समय से पहले ही प्रौढ़ हो गए।

बेटी का नाम ग़ज़ल, बेटे का नाम पार्थ है।

# ये सुरैया थीं, मधुबाला थीं, हेमा मालिनी थीं

मुहल्ले से विदा होती पारो अब आगे मुहल्ले की मसक्कली।

आँखों में कमबख़्त अमावस मले होते, इतने काले किराए के घर में रहती। बिंदास दुपट्टा हाथ में लिये भागती। दाँत में दबे सेफ्टीपिन-से मुहल्ले के लड़के चौराहे या कि कॉलेज तक छोड़ने जाते। वह बेपरवाह देखती उन्हें मुस्कराती। जैसे कहती कि शाम लेने भी आ जाना।

अब वह घर बदलने वाली थी। सारा दिन भागती रहती।

मुहल्ले की सड़कें भी उदास थीं। लड़के उसके सामान को छोटे ट्रक में लाद रहे थे। थोड़ा-थोड़ा वे अपने दिल को भी रखते रहे थे साथ।

उसके दाँत में दबा पिन उसके होंठ में चुभा था। आँखों से मिली आँखें कुछ कातर थीं। प्रेम के ख़ुशनुमा चौराहों पर कई हफ़्ते दिल टूटने वाला गीत बजता रहा।

ये हवा में शोखी घोलने वाली लड़कियाँ थीं। मुस्कराती रहतीं। दिल को करने देतीं जरा मनमानी।

मन्दिर की सीढ़ी पर आराम से मुहल्ले के आशिक के साथ बातें करतीं। रिक्शे पर साथ भी देखी गईं कई बार। हम तीसरी मंज़िल से इन्हें टाटा करते तो ये हवा में पप्पियाँ उछाल देतीं।

ये सुरैया थीं, मधुबाला थीं, हेमा मालिनी थीं!

## मर्दों की दुनिया में अकेली चलने वाली मोरनी

एक पुराने मुहल्ले की लड़की भी है याद में। उस ज़माने में लड़कों से छोटे बाल रखती। बेलबाटम और शर्ट पहनती। अपनी ऊँची छातियों से बेख़बर, अपने पुरुष दोस्तों के साथ पान की टपरी पर खड़ी बातें करती। दो पहिये वाले दोस्त उसे कॉलेज से घर, घर से कॉलेज छोड़ने आते।

वह मुहल्ले की गालियाँ सुनती। औरतों की खुसुर-फुसुर से गुलज़ार रहता मुहल्ला। आज फ़लाने लड़के के साथ सिनेमा हॉल में गई, कल किसी और के साथ अकेले घर में बैठी चाय पीती रही।

वह लगभग बदनाम जवान लड़की थी जो अपने कम आय वाले परिवार और पाँच कुँवारी बहनों की गार्जियन भी थी। जिसने न जाने कितने, कैसे जुगाड़ से उनकी शादियाँ करवाई।

बरसों बाद किसी छोटे शहर से कोई पुराना प्रेमी ख़बर लाया कि उसने अपनी उम्र से लगभग दोगुने उम्र के बीमार आदमी से शादी कर ली।

उसके बाल लम्बे हो गए हैं। उसे हल्की साड़ी और ब्लाउज़ में देखने वाले उसके यार दुखी लगे। देर रात तक मुहल्ले के पान वाले के पास सब थोक भाव में सिगरेट फूँकते अपना गम ग़लत करते रहे।

लड़कियाँ हर 'हाँ' पर अपना दिल रख देती हैं, हर 'ना' पर अपनी जान...

## रात में खुलकर बिखर जाता है प्रेम

अब प्रेम से गुज़रती गाड़ी अपने दिल की पटरी से भी गुज़री। क्लास के दिलफेंक आशिक़ ने कहा, 'हमारी जिन्दगी का कैनवस कोरा है। मेरे साथ कोई रंग भरेंगी?' मैं डरकर अधूरा नोट्स लिये लाइब्रेरी से भागी। वह सफ़ेद निगाहों से हरे मैदान में अपने सपने टोहता रहा।

फिर प्रेम ने छत से पुकारा—*खोया-खोया चाँद खुला आसमान...*

यह रिश्तों के बीच, बचकर, पलने वाला प्रेम था। जब हथेलियों में उलट दी उसने अपनी हथेली और कहा, 'रेखाओं से मत डरना। ये बस यूँ ही...कुछ भी चिट्ठी लिखना...मैं इन्तजार करूँगा...'

तब पहली बार पोस्ट ऑफ़िस, पोस्टमैन और इस व्यवस्था से प्यार हुआ था। चिट्ठियों में सावन-बादल लिखे जाने लगे। अकेली रात उदास खटिया पर पढ़ा जाने लगा 'गुनाहों का देवता' तुम्हारे लिए।

करवट के उस पार मन की दुनिया को चूल्हे में डाल घर शादी की

तैयारी में था। सावन, भादों, झूले की चिट्ठियों की चिता पर भक्क से सुला दिया गया प्रेम...

लाल रंग के जोड़े में जा रही लड़की बड़े शहर की तेज़ पटरी पर बिखेर रही थी अपने सपने। लगातार देखी-भोगी कहानियों के पात्र साथ थे उसके। सबकी आँखें नदी थीं। सब तारीख़ का बिगड़ा कैलेंडर थीं।

कलेजे से लगाए अपने हिरामन तोता-से बच्चे ने छातियों से चूसना शुरू किया प्रेम...अन्ततः नन्ही किलकारी में मिला प्रेम...डायरी के पन्नों पर हेमा मालिनी, साधना, ग़ज़ल-सी बेटियाँ हैं...

हम सबने प्रेम को मोगरे-सा बाँधा है अपने बालों से...रात में खुलकर बिखर जाता है प्रेम...

सावन का झूला रस्सी से टूटा...पेड़ों से टकराता हुआ घायल कर गया...

# प्यार में कमली हो जाना

# मैं तुम्हारे शहर में अजनबी हूँ

ज़िन्दगी में पहली बार वह लम्बी दूरी वाली गाड़ी में सफ़र कर रहा था। उसे मुझ तक आना था। मुझे इन्तज़ार करना था। ये लम्बी दूरी की गाड़ियाँ बेइंतहा इन्तज़ार करवाती हैं!

उसने एक ख़ाली पन्ने पर आने वाले सभी स्टेशनों के नाम लिखे। साथ में यह भी कि वह किस-किस प्लेटफ़ॉर्म पर उतरा। कुछ स्टेशनों के नाम के आगे उसने उदास आँखें उकेरीं और लिखा, 'यहाँ...इस जगह मुझे तुम बहुत याद आईं। मुझे हवाई जहाज से आना चाहिए था।' किसी स्टेशन के सामने चाय की उड़ती भाप में मेरा नाम लिखा उसने और लिखा, 'नौ स्टेशन दूर हूँ अभी।'

मुझ तक पहुँचतीं तमाम घटनाएँ काग़ज़ में दर्ज हो रही थीं...और मेरा इन्तज़ार प्रेम में अधीर उस लड़की-सा था जो बाद के दिनों में भी उस काग़ज़ को दिल से लगाये तमाम स्टेशनों की यात्रा पर निकल जाती कभी भी।

किसी स्टेशन पर रुकी गाड़ी ने उसे भागकर पीसीओ तक आने का मौक़ा

दिया। उसने बेचैन हो कहा कि तुम इतनी दूर क्यों हो। मेरा फ़ोन चार्जिंग ख़त्म हो गया। अब शायद आकर ही बात करूँ। जल्दी आ जाना। मैं तुम्हारे शहर में अजनबी हूँ।

हम गंगा किनारे मिले और उसने वह काग़ज़ मुझे दे दिया। जी में आया, मैं उस काग़ज़ की कश्ती में कोई मन्नत का दीया रखकर उस गंगा में बहा दूँ। अनन्त काल तक के लिए वह अपने सफ़र पर निकल जाए।

तुम गंगा को पहली बार मन भर देख रहे थे। मैंने तुममें पहली बार छूट जाने की बेचैनी देखी, 'तुम मुझे अपने शहर में नहीं घुमाओगी?'

'हाँ, मन्दिर...'

मन्दिर की सीढ़ी पर हम दो अलग यात्राओं, अलग दिशाओं को जाने वाले साथी थे।

उस शाम का सूरज अब तक नहीं डूबा। उस शाम की बेचैन आवाज़ की डोर पर मैं आज भी काँप रही हूँ। क्या तुम कभी जान पाओगे?

उस काग़ज़ में दर्ज तमाम स्टेशनों से गुज़र जाती है गाड़ी। कोई चाय, कोई पीसीओ, मुझ तक पहुँचने को आतुर कोई उस काग़ज़ की उदास आँखों से आज भी रिसता है।

प्रेम काग़ज़ों में लिखा, आग में जलाया, फिर गंगा में बहा दिया गया। बादल के बगुले की करुण पुकार भीतर गूँजती है। क्या कभी फिर तुम लॉन्ग डिस्टेंस की गाड़ी पकड़ मुझ तक आओगे?

मैं आज भी गंगा की सीढ़ियों पर अकेली बैठी तुम्हारा इन्तज़ार कर रही हूँ...

## तुम बहुत सुन्दर हो

'कॉफी के प्याले में बना दिल हिला और टूट गया। इसका भी दुख।'

'हाँ। ...मैं इसे टूटने के पहले गटक जाना चाहती थी।'

'तुम खुद को कितना मथती हो, यार! हम कॉफी पी रहे हैं।'

'यह जगह बहुत शान्त है। यहाँ देर तक रुका जा सकता है। सुनो, पाउट बनाने आता है? एक सेल्फी लेते हैं।'

'क्या मूर्खता कर रही हो! हम वेटर से बोल ढंग की तसवीर ले लेंगे।'

वह मेरे पास अपना होना दर्ज कर रहा था। रात के साढ़े नौ बजे। मेरे फ़ोन में उसके साथ की एक मुस्कराती फ़ोटो।

'यह तारीख जब-जब गुजरेगी, मैं तुम्हें याद करूँगी।'

वह बोलता कम, गुम ज़्यादा रहता है।

'तुम्हें पता है हम दोनों ने अनजाने ही एक रंग के कपड़े पहने हैं। मैरून

जैकेट, नीली शर्ट और जीन्स।'

हम देर तक मुस्कराए। वह एकदम-से अपने घर के बारे में बताने लगा। अपनी नौकरी के बारे में। अतीत से झाँकती कोई याद उसका मन दुखा रही थी।

'क्या हुआ? तुम ठीक हो?'

'प्यार क्या ही खूबसूरत शै है न!'

'हाँ, है तो...'

'तुम बहुत सुन्दर हो...'

'हम्म...ये चौथी बार कहा तुमने।'

'आज मैं इस जगह और इस कॉफी की ज्यादा-से-ज्यादा कीमत दे सकता हूँ।'

वह आँखें मूँद बोल रहा था।

'पता है, हम सबसे दिलकश और प्यारी बात यूँ ही अचानक बोल देते हैं।'

मैं नाख़ून से उसकी जीन्स पर पता नहीं क्या-क्या लिख रही थी।

'तुम बहुत सुन्दर हो।'

'हाँ; पर यह मत भूलो कि तुमने कॉफी पी है, शराब नहीं। अब चलो, ग्यारह बज गए।'

'इस शाम को यूँ नहीं जाना चाहिए। इसे रुकना चाहिए। हम और कॉफी पी सकते हैं।'

मैंने उसकी फ़ोटो ज़ूम करके देखी, वह नीम नशे में था। उठने और चलने की जगह हम घिसट रहे थे। हमें और साथ होना है। सीढ़ियाँ उतरते हुए मैं उससे सट के चल रही थी। देर से जकड़े हाथ का ख़ून रुक गया था। यह हाथ छूटते मैं भूल जाऊँगी, मुझे कहाँ जाना है। मैं अँधेरे से डरूँगी। मुझे दवाइयों की ज़रूरत होगी। यह सब मैं नहीं कह सकती इससे। छाती की अजब धड़धड़ थी।

'तुम बेहद अच्छे लगे मुझे, पर तुमने मेरे हाथ पीछे घंटे भर से जकड़ रखा है।'

'ओह, बोली क्यों नहीं?'

'मन नहीं किया।'

'तुम्हें गले लगाना किसी खरगोश को सहलाने-सा है।'

हम उस दृश्य में जमे अलग हो चुके हैं। छाती की तेज़ आवाज़ से परेशान मन उसे आवाज़ लगाना चाहता है। हम जा चुके हैं। कॉफ़ी हाउस की फ़ोटो उदास है। मेरे नाख़ून उसकी जाँघ पर हैं। मैं उसे ज़ोर से चुभो देना चाहती हूँ।

## गाढ़े आलिंगन में काँपती नदी-सी रात

मैं उसके साथ ज़रा भी नहीं डर रही थी। मुझे इस बात का डर सताने लगा। कोई साथ एकदम-से सहज आपके होने में जगह बनाने लगता है। न कभी कोई बात, न मुलाक़ात। हम आसपास बैठे मज़े से बातें कर रहे थे। समय हैरान रहा होगा। हम तो क़तई नहीं। एक रजाई है इस कमरे में। और सर्दी ज़्यादा। हम आसपास बैठे। रजाई लिये। उसको अपनी धुन में बोलते रहना पसन्द था। मुझे हाथ पकड़कर बातें करना।
'तुम बार-बार हाथ क्यों छुड़ा लेते हो?'

'नहीं पता। बेचैनी है...मैं जाऊँ यहाँ से?' वो पलटकर एकदम-से चूम लेता है।

'नहीं, बिलकुल नहीं...'—मुझे कँपकँपी हो रही थी—'तुमने चूम क्यों लिया?'

'यार, भूल जाओ...माफ करो...बस, हो गया।'

मैं अनमनी थी या ख़ुश, मुझे पता नहीं। वह बेचैन था। मैं पर्स से चॉकलेट

निकाल खाने लगी। उसने सिगरेट सुलगा ली।

'तुम सो सकती हो। आराम से। बिना डरे। मैं कुछ देर कुर्सी पर बैठूँगा।'

रात के एक बजे हैं। हमने खाना भी नहीं खाया। मुझे भूख लगी है। चॉकलेट कुतरते मुझे लगा, वह परेशान है।

'मैं सो रही हूँ। तुम भी सो जाना।'

लाइट पीली हो गई कमरे की। मुझे सब बीमार-सा दिखने लगा। मैंने होंठों को रजाई से रगड़ा, सुबह का फीका गुलाबी रंग उतर गया। हमारे बीच कुछ तो अबोला था। कुछ बहुत सहज बहता हुआ। मुझे इस अजनबीयत में भीगना अच्छा लग रहा था।

रात दो बजे वह रज़ाई में आ गया, 'तुम्हारे पैर ठंडे हो रहे।' वह अपनी हथेली से पैरों को गरम करने लगा।

'सुनो! सो जाओ।' बाहर से बर्तन की आवाज़ आ रही थी।

'तुम्हें भूख लगी थी न!'

'सॉरी, मुझसे गलती हुई। मुझे पूछना था तुमसे।'

'और चॉकलेट है?'

'है तो, पर मैं नहीं दूँगी।'

'ठीक है। सो जाओ।'

*

'मैं कमर पर हाथ रख सोऊँगा।'

'नहीं, मत रखो। मुझे फिर नींद नहीं आएगी।'

'...पर मुझे हाथ रखना है।'

'ठीक है। रख लो।'

अँधेरे कमरे में सफ़ेद रोशनी के कुछ टुकड़े मुस्कराए। बाहर सब चुप था। दिल भी अपने हिसाब से धड़क रहा था कि उसने ज़ोर से मुझे ख़ुद से भींच लिया। उसकी आँखें नम और उदास थीं।

'क्या हुआ?'

फिर धीरे-से गरदन पर चूमकर उसने कहा, 'शुक्रिया, इस शाम का... इस साथ का।'

कभी-कभी कोई साथ इतना ख़ुशगवार होता है कि मन में जो पिछले शिकवे-गिले हैं, उन्हें माफ़ कर भूल जाने का मन होता है।

यह एक बड़ी रात है। मैंने माफ़ किया विगत को। मेरा दिल बहुत हल्का महसूस कर रहा। मेरा मन उसे बेतरह चूम लेने का हुआ, पर मैं उसके गाल थपकाती रही। उसे नींद आ गई। उससे धीरे-से अलग हो मैं बैठ गई। पर्स से चॉकलेट निकाला और कुतरने लगी।

सुबह के साढ़े चार बजे थे। उसकी आश्वस्त साँस के साथ बेचैन सिगरेट की महक कमरे में थी। मेरे पैर सर्द हो रहे थे। भरी आँखें, गाल पोंछता पुरुष किसी बच्चे-सा अबोध मेरे पास सोया था। हम कितने चरित्र जीते हैं। सच और झूठ से बच निकलते। कहीं बड़े साहसी तो कहीं कमज़ोर। मैं उठती कि उसने मेरा हाथ पकड़ अपने पास कर लिया।

‘मुझे कमर पर हाथ रखना है।’

‘हम्म...ठीक है।’

यह ज़िन्दगी की सबसे ख़ूबसूरत रात थी। हम कभी न भी मिले तो कोई मसला नहीं। हमारा मिलना और साथ होना कहीं कोई तय कर रहा था।

‘तुमसे प्रेम नहीं, सुकून है। मैं इस जगह देश-दुनिया से थका कभी भी आ सकता हूँ। तुम मिलोगी न?’

‘हाँ, जरूर।’

सबेरे की झपकी वाली नींद। उसका कंधा। मेरा सर। पैर की सर्दी पर उसकी हथेली की रगड़।

‘मैं जरूर आऊँगी तुमसे मिलने। तुम जल्दी मिलना। मैं बेसब्र हूँ स्वभाव से।’

## तुम्हें पलटना नहीं आता

दो अलग रास्तों से अलग होते मन तमाम बातों से भरा होता है। मैं अक्सर इस आवेग में आकंठ डूब जाती हूँ। जब बिछड़ो तब ख़ास ख़याल रखो कि अब इस वक़्त ख़ास ख़याल रखने की ज़रूरत है। पुरुष पलटकर कभी इस आवेग में नहीं पड़ता। उसका वक़्त बीत गया होता है। मुझे मलाल है कि मैं अपनी साफ़गोई में ज़्यादा दयनीय लगने लगती हूँ। यह इसरार करते समय भी कि देखो, जाने के बाद चले जाने वाली फील मत देना। आसपास रहना। याद करना। याद दिलाना। अगले दो-चार दिन इसकी बहुत ज़रूरत होती है।

हम मिलने की चर्चा करते हुए बार-बार उस समय को जीवित कर सकते हैं। पर ये कभी नहीं होता। देह और मन पर तमाम यादें अकुलाती हैं। बेचैन होती हैं और मिलने-बिछड़ने के सारे दावे ख़ुदकुशी कर लेते हैं।

ऐसे बिछड़ो कि थोड़ा मुझमें भी रह जाओ।

बेमानी बातों से दिल ही दुखना। तुम्हें पलटना नहीं आता।

## तारीख़ों के मुस्कराने की सबसे हसीन शाम

बस उससे पहचान भर थी कि अचानक उसने एक दिन पूछ लिया, क्या हम मिल सकते हैं? जितना सहज सवाल था उतनी ही सहज मेरी—हाँ।

एकदम से यात्रा के टिकट गुलाबी हुए। हम तारीख़ों का काउंटडाउन करते बेचैन रहे जरा। मुझे हवाई जहाज़ से याराना ऐसा है कि अगर मौत होनी हो तो इसी यात्रा में हो जाए। मैं ख़ुशी से मर जाना चाहती हूँ। यह बहुत सही बात लगी उस दिन।

हम प्यार में नहीं थे। हममें प्यार था। हम तमाम दिमाग़ लगाकर नहीं मिले थे। हमने बस दिल की सुनी थी। उसे ठीक 12 बजे मेरे सामने होना था। ये किसी फ़िल्मी सीन-सा घटित हुआ।

इन्तज़ार दो प्रेमिल लोगों के गाल पर गुलाल मल जाता है। हम मुस्कराए। गले लगे। उसने धीरे-से एक चुम्बन मेरे माथे पर रख दिया।

अब?

अब क्या! हम साथ हैं।

हम एक गहरी होती शाम भीड़ में अकेले घूम रहे थे। शाम सर्द है। उसने आराम से मेरा हाथ थाम लिया। तारीख़ों के मुस्कराने की सबसे हसीन शाम। पीछे छूटती भीड़ में कोई भिखारी बाँसुरी में 'ओ साथी रे, तेरे बिना भी क्या जीना' बजा रहा था। मन पिघलने लगा। एक बड़ी उम्र का आदमी कुछ तेज़ बोलता हाथ के काग़ज़ को भीड़ की ओर दिखा रहा था।

उसने कहा, हम भी ऐसे ही कमली हो घूमेंगे किसी रोज़।

मेरी हथेली उसके हाथ पर कस गई। हम अपने अन्दर बेचैन थे। हम साथ के सुकून को साथ लिये अँधेरे फुटपाथ पर चल रहे थे।

हमें वापस जाना चाहिए। किसी ऑटो ने रास्ता रोका, तब लगा हम थक गए हैं। ऑटो में बैठते वह भावुक हो उठा। उसके हाथ मेरी कमर को घेरे कस रहे थे। एकदम-से उसने मेरे गाल पकड़ मुझे किसी बच्चे-सा चूम लिया। मिलन की शाम विछोह की दस्तक से भर गई।

यार, मेरी तो तुमसे कभी बात भी नहीं थी। हम मिले, यूँ साथ हैं—यह हैरान कर रहा मुझे...

हमें यूँ ही मिलना था। प्रेम में पड़ताल नहीं करते। मुझे एक और बार चूमना है तुम्हें। तुम आँखें मत बन्द करना। हम किसी क़सम और वादे से नहीं बँधे। हम सहज हैं। सुख से भरे। तुम्हें चूमना सुख है। तुम्हारे साथ होना आश्वस्ति। मैं इस जगह पर कभी भी, कैसे भी लौट आऊँगा। तुम ऐसी ही रहना। मैं तुमसे प्यार नहीं करता। मैं तुम्हें चाहता हूँ। चाहना कभी नहीं मरती। तुम बेहद ख़ूबसूरत हो। नैसर्गिक।

मैं कुछ कहती इससे पहले वह मुझे अपनी छाती से भींच एक बार मेरे

होंठ चूम पलट गया था। मैं देर तक उसकी पीठ पर ठहरी उतरी शाम के रंग देख रही थी। मेरे हाथ-पैर बहुत सर्द हो रहे हैं।

तुमने तो न लौटने का कहा है। मन लरज से भरा एक और बार तुम्हारी हथेली में कस जाना चाहता है।

मेरे होंठों से तुमने एक चैन चुना और चले गए। मैं नमक की आँख लिये अपनी जगह पर बहुत बेचैन हूँ, यार! मैं तो तुम्हें जरा भी नहीं जानती थी न, फिर ये...

## होंठ पर धरना देती किसी शाम की कसक

हमने ख़ाली बेंच देखी और हम उस ओर चल पड़े। हम एक शाम को डूबते देखना चाहते थे। और सबसे अजीब यह कि हम साथ होकर एक निराशा से भर जाना चाहते थे। हम उम्मीद से ख़ाली हुए थे।

हमें दुख की बात नहीं करनी चाहिए। इस वक़्त हम साथ हैं।

पर हम दुख को नहीं छोड़ सकते। जो नहीं छूटता उसे दूर क्यों रखना। दुख हथेली में बन्द शाम की डूबती सिंदूरी किरण की तरह भिंच रहा है।

उसने भरे दुख में मुझे चूमा।

तुम मन ही मन माफ़ी तो नहीं माँग रहे?

हाँ, शायद...

फिर तो बेमानी है यह साथ।

सब बेमानी है—वह बड़बड़ाया।

साथ को सच की तरह होना चाहिए। ज़रूरी नहीं, वह चमत्कृत करे। ज़रूरी नहीं, वह इतने कमाल के अनुभवों से भरी हो जैसे हमने

कभी महसूस ही न किया हो।

रात सच की तरह बीत रही थी। दिन ही झूठे थे शायद। अफ़सोस के लिए कुछ बाक़ी न था। हम बीत चुके थे। हममें प्रेम तो क़तई नहीं था। हम प्रेम को सबसे पहले ख़ारिज कर चुके थे। हमने दुख को छाती में भरा। हमने बेंच और शाम की गवाही में यह कहा, कुछ साथ बस होते हैं, अपने पूरेपन के साथ। इनके कोई कारण नहीं। यह बस है, और इसका सुकून भी कितना बड़ा है!

देह को मिट्टी ही होना चाहिए। मन को बादल। समय को लौट-लौट नहीं देनी चाहिए दस्तक और किसी रात को दुख जितना भारी नहीं होना चाहिए।

होंठ को गहरे चूमते हुए हमें हल्का महसूस होना चाहिए।

तुम अपनी देह से ये शाम और रात उतार देना।

और तुम अपने मन से उतारोगे?

चुप्पी में छुपे जवाब टीस की हद तक तकलीफ़ देते हैं।

ख़ून का रंग लाल होता है, शाम का सिन्दूरी। रात सवालों से घिरी कोई आहत लड़की की सिसकी होती है।

और प्रेम?

प्रेम कुछ नहीं होता।

चूमने से दिल हल्का होता है, मन भारी। आँखें बिना मौसम गुलाबी। उदास मौसम में रत्ती भर मुस्कराहट है—चूमना!

# दिल में एक छोटा-सा कमरा

एक दर्द से जी न भरा जो प्यार में पड़ गई?

नहीं, प्रेम पड़ गया रास्ते। मैं तो कब का रास्ता बदल चुकी हूँ।

मैं बेहद छोटी थी। किसी को कहते सुना था, मेरे दिल में एक छोटा-सा कमरा है जिसे मैं जानता हूँ। तुम्हें वहाँ रखूँगा।

मैं बाद दिनों मिलने वालों से यह सवाल पूछती, क्या आपके दिल में कोई कमरा है, जिसमें आप अपनी पसन्द की चीज़ें रख सकते हैं?

वे हँस देते हैं।

और ठीक बाद दिनों जब मेरे मन के किसी कोने में प्यार ने दस्तक दिया, मैं डर गई और एकदम से राहत से भर गई कि यह तो मेरे पास भी है। और अब तो लगता है कि कितना भी बड़ा गुप्तचर लगा लो इन कमरों में, मुहब्बत महफ़ूज़ साँसें ले रही। और इन्हीं कमरों में बनी वो दीवारें भी हैं, जहाँ से कोई आवाज़ नहीं आती। मैं उस आवाज़ को सुनने

को आतुर दिल के अतल की यात्रा पर हूँ। कुछ खो गया मेरा। उसे नहीं खोना चाहिए था।

क्या दिल से आवाज़ें आती हैं? किसी ने सुनी क्या?

दिल के मसलों की गवाही में भी मैं ही खड़ी हूँ सर झुकाए, क्या मैं दिल के किसी कमरे में हूँ?

रात बहुत बर्फ़ पड़ी। चौराहे पर हम अकेले ख़ामोश भटक रहे।

क्या तुम्हारे दिल में कमरा है? मुझे रखोगे?

हम जब कहीं नहीं होते किसी के दिल में होते हैं...

किधर? उस कमरे में?

तुम कुछ सुनते नहीं क्या!

## प्रेम हमारी धमनी में जम गया ख़ून है

किसी एक देह की गंध से आलोड़ित नहीं था वह, दूसरी देह से अपनी ऊब मिटाने की कामना लिये उसे बस गुज़रना था। उसके पास अनुभूतियों के लिए कोई जगह नहीं थी। उसके पास ख़ुद के लिए भी कोई जगह नहीं थी। वह ख़ुश होते ही एक दुख के खोह में चला जाता। ख़ुशी उसकी ग्लास में बची हुई वाइन का घूँट भर थी, जिसे बस ख़त्म करने की ख़ातिर उसे गटक लेता।

ज़िन्दगी किसी चलने वाले बच्चे के पैर का छागल नहीं होती। ज़िन्दगी में एक बार आप सतर्क होना छोड़ ही देते हैं। सर पर अचानक गिरे सूखे पत्ते की आह से नहीं फ़र्क़ पड़ता। कोई हाथ अचानक कंधे पर आता और ख़ुद ही ऊबकर अलग हो जाता। ऐसे लोग अजीब से रहस्य लेकर चलते हैं अपने साथ। ये छल नहीं करते। ये जाल बुनते हैं। रेशमी दिलफरेब। ये किसी अदृश्य कश्ती के डूब जाने के डर को कविता में मन के दुख से डूब मरना लिखते हैं।

यादों की सुरंग गहरी होती है। रोशनी के मुहाने पर राहत का कोई द्वार खुलता कि अगली सुरंग फिर सब लील लेती।

याद को तालाब के तले जमी काई-सा होना चाहिए जानम। जहाँ मन के पैर ही न टिकें। कोई याद सरपट भागती किसी भीड़ वाले शहर के रास्ते गाड़ियों से टकरा जाती है। हम एक दिन सब खो देंगे।

सारी रात जिसके चेहरे की हर लय से होकर गुज़री उसे ज़रा भी नहीं जान पाई। यह जान पाने का गुमान न टपरी के चाय ग्लास जैसा होता है, छन्न से टूट जाता है।

बिछड़ने के ठीक पहले ही वे साथ नहीं थे। लड़की दूर सोये लड़के को देख कुछ सोचती या कहती कि चार बजे भोर का अलार्म बज उठा।

अब विदा। लड़का उनींदा सुनता भी कितना। लड़की एकटक उसके चेहरे को देख रही थी। उसने कहा, आँख भर। रहना आँख भर। वो धुँधलाने लगा।

उठो, मैं जा रही हूँ। लड़की ज़ोर से उसे बाँहों में कसती है।

लड़के ने कंधे और माथे पर होंठ धरे। धरती-आसमान को ऐसे ही बँधे होना चाहिए आलिंगन में।

सुबह कुछ बिखरी होती है। 'कोई चला गया' की धुन पर उदास सूरज निकलता है। ये कभी, शायद कभी न मिलें की सोच की तरह किसी पत्ते से ओस की बूँद मिट्टी में गिर अपना अस्तित्व खो देती है।

प्रेम वक़्त के साथ शिथिल हो हमारी धमनी में जम गया ख़ून है। इसे पिघल जाना चाहिए।

## मैं तुम्हें प्यार नहीं करता

वह घड़ी कम देखता है। मुझे भी ऐसी आदतें पसन्द। ख़्वाहमख़्वाह बार-बार घड़ी देख समय का ही दिल क्यों जलाना!

सुनो, घड़ी उतार टेबल पर रख दो। दरवाज़े बन्द कर दो। दिन और एक रात के आने-जाने की बात भूल जाओ।

तारीख़ें फिर भी बदलेंगी न!

प्यार में सारे असम्भव सम्भव हैं।

अगर जो मैं नहीं रहूँगी—इस सवाल को पूछ सभी प्रेमिकाएँ प्रेमी की आँखों में व्यग्र लहरें देखना चाहती हैं। इस समय उसे ज़िन्दगी के किसी भी झूठ का गुलाबी सहारा ले ही लेना चाहिए—मैं मर जाऊँगा।

इन बातों से आसपास की दूब जरा और हरी होती होगी। कबूतर अपनी आँख बन्द कर सुनते हैं इसे। चिड़ियाँ दाना चुगना भूल जाती हैं।

सुनो! अपना ख़याल रखना कि कोई तुम्हें बेइंतहा प्यार करता है इस धरती पर...

दिल के कितने ख़्वाब हैं...दिन के कितने ख़्वाब हैं...

और वो कमबख़्त भूलकर भी नहीं भूलता कि मेरी ट्रेन का समय हो रहा। मुझे अब निकलना चाहिए।

यार तुम बड़े बेदिल हो!

एक गुड बाय आलिंगन...कान के पास सरसराती-सी आवाज़...

मैं तुम्हें प्यार नहीं करता, पर अगली बार मैं तुमसे फिर मिलना चाहूँगा। मिलोगी न?

हाँ...

## तुम्हारे क़स्बाई शहर में बसें समय पर चलती हैं?

यार ने मुझको मैंने यार को सोने न दिया—इसी गाने को सुनते रहे कैसेट पलट-पलट कर। रात को रोक लेने की ज़िद में। नहीं रुकी रात। फिर उजास था सामने। मेरा जाना तय था। तुम्हारा उदास होना भी।

ज़िन्दगी का सबसे स्वार्थी समय होता है, जब आप प्यार में होते हैं। पूरी दुनिया आपके ख़िलाफ़ साज़िश करती-सी जान पड़ती है। भूख ज़रा कम लगती है। ग़ुस्सा तो आता ही नहीं। हम खाना खाते हुए भी मुस्कराते हैं। ऐसे ही अपने आप में खोए हुए। तुम मुझे जाने देना भी नहीं चाहते थे और टिकिट भी ले आए।

तुम्हारे क़स्बाई शहर में बसें समय पर चलती हैं?

तुम सामान उठाते हो और मुझे लेकर चल पड़ते हो। बात भी करो मुझसे—पर नहीं, तुम अपनी चुप्पी में न जाने कितनी उदासी घोल रहे थे। अब मैं बस में थी और तुम बाहर। मैं कुछ कहना चाहती थी। तुम मुझे देखकर भी अनदेखा कर रहे थे। बस एक झटके के साथ चल पड़ती

है। कई बार बसों का सही समय पर चलना भी खलता है।

सुनो! तुमने पलकें झपकाते हुए मुझे एक काग़ज़ थमा दिया। उस रंगीन से काग़ज़ में लिखा था, मेरी हथेलियों में उभरता है तुम्हारा चेहरा।

मैं इतनी गहरी बातें नहीं समझती थी। सामने थी तो सीधे क्यों नहीं कहा कि प्यार करते हो। अब भरी बस में ख़ाली मन लिये मैं रोना चाहती थी। रात ने कैसेट बदलकर फिर सुना दिया—आप कहते थे कि रोने से न बदलेंगे नसीब...उम्र भर आपकी इस बात ने रोने न दिया...

# ब्याह की बाली उमर को सलाम

## पहला पन्ना : सफ़र ज़ारी है

जब दसवीं में साइकिल में टाँग घुसा, वह कैंची मारते आने-जाने वालों को दहशत में भर रही थी। ठीक उस वक़्त उसकी कुंडली में बैठे शनि और बृहस्पति घणा नाराज़ हो उस घर से इस घर आ-जा रहे थे। पंडित की कठिन भाव-भंगिमा के आगे हाथ जोड़े माता-पिता। आने वाले आठ महीने में ब्याह न हुआ तो आगे पाँच साल तक कोई 'संजोग' नहीं।

ये फ्रॉक और स्कर्ट के साइकिल से फटवाने और करिया गिरीस पोतवाने के दिन थे कि अचानक ब्रेक मार सामने वाले को धक्का लगाना पड़ा। ज़िन्दगी रस्ते में चारों खाने चित थी। चोट लगी मोटी औरत गाली दे रही थी। वह आख़िरी बार साइकिल को खींचती घर के सामने खड़ी थी। ज़िन्दगी का अगला सफ़र कुंडली के शनि और बृहस्पति को तय करना था।

पुरानी कॉपियों में लिखे विवाह गीत को भूले-बिसरे सुर से चढ़ाया-उतारा जा रहा था। उसे साड़ी बाँधना सिखाया जा रहा था...

## दूजा पन्ना : ज़िन्दगीनामा

अगर आप दो-चार भाभियों-चाचियों से साड़ी बाँधकर लसराकर चलना सीख लेती हैं तो आगे की कला आप ससुराल में सीख ही लेंगी। सास गरियाएगी तब। ननद हँसी उड़ाएगी तब। पति की नाक कटेगी तब कि कैसे ढोर से ब्याह कर लाया।

पूरी दुनिया आप पर हँस सकती है। लड़की की उमर लोगों पर हँसती है। आख़िर कितनी बड़ी और सधी हुई लगूँ मैं। मैंने अभी-अभी तितली के प्रिंट वाला फ्रॉक उतारा। अभी-अभी बालों से डोलची वाली चोटी उतारी।

महीनों पहले जुटी घर की औरतें लड़की को बड़ा बना रहीं। सुबह जल्दी उठने के गुण सिखा रहीं। धीरे चलने को कह रहीं। कम बोलने को धर्म बता रहीं। घर के आँगन में औरतों की क्लास लगी है। लड़की बस्ते की पढ़ाई साइड में रख सहूर सीख रही। तमाम गुरूर तोड़ने का काम घर की औरतों ने ही किया।

खुले आँगन कसी चोटी, झुकी नज़र से लड़की औरत बनाई जा रही।

## तीसरा तीख़ा पन्ना

अब लड़की साड़ी लपेट सकती है। साड़ी कमर में खोंस चाय बनाकर अपनी कलाकारी का प्रमाण दे चुकी।

महीनों पहले गाँव की चाचियाँ शहर में आ गई हैं। सारा दिन गेहूँ, चावल, दाल फटका-चुना जा रहा है। कद्दू की भर-भर खटिया बड़ी बनाई जा रही। गीत गाए जा रहे।

लड़की की तितली वाली फ्रॉक बेचैन है। डोलची वाली चोटी लाल फूलों से नहीं भरी। लड़की डर और आशंकाओं से भरी है। गीत गाती औरतें लड़की के बालों में तेल लगा रहीं। पीठ में हल्दी। मुँह देख पुचकार रहीं। कोई तो इतनी दुखी हो रही कि उनके दाँत लग जा रहे। लड़की के फेवरेट नाचने-गाने वाले आँगन में दुख भरी उदासी पसरी है। शादी सज़ा है और यह तुम्हें मिलनी ही है।

भाई तीख़े गोलगप्पे का दोना, समोसे का ठोंगा दे रहा। जैसे आख़िरी इच्छा पूरी की जा रही।

गुलमोहर खैनी की तरह वाले मुँह के दूल्हे को किसी फिलिम का हीरो बताया जा रहा। लड़की के सपने को इस झूठ से कुछ सहलाया जा रहा। लड़की गरु-गम्भीर बन गई। ज़ुबान सिल गई। साड़ी में बित्ता भर झुक गई। पतली कलाई में लोहे की चूड़ी है, कोई भूत-प्रेत न लगे उसे।

उसे सिर्फ़ और सिर्फ़ लगन लगना है अब। चेहरे पर पीले रंग को और पीला किया जा रहा। लड़की समस्या की तरह घर में दिन बिता रही। कसी है चोली, कसा है नया पहना अन्तर्वस्त्र। घर के छाजन पर अकेली गौरैया उड़ के बहुत दूर जा रही।

लड़की बक्सा सरिया रही।

## चौथे पन्ने की सुहागन

बारात में बैंड है, शहनाई है। दस दिन की लगन चढ़ने, हल्दी लगवाने के बाद लड़की वर के पानी से नहाई है। अब ज़िन्दगी के बस इसी रंग में उसे रँगे रहना है।

औरतें रो रहीं कि गा रहीं, पता नहीं चल रहा—'बाबा के दुलरुवी बेटी हो कवन बेटी...'

अब दुलरुवी बेटी पीले रंगे पीढ़े पर गठरी बनी बैठी है। अपने ही घर के आँगन में अजनबी-सी।

बारात की धूम है। मुंडी नीचे कर वो दूल्हे पर अक्षत फेंक रही। सहेलियाँ चुहल कर रहीं। अक्षत जीजा पर गिरा है। वो तुम्हें बहुत प्यार करेंगे।

अब यही प्यार रहेगा अक्षत भर।

भाई लावा परीछ रहा। औरतें दिल तोड़ने के गीत गा रही—'अरे भैया कवन भैया हो, धरिया जन तोड़िहा हो...'

धार को टूटना ही है। माँ-बाप की गोद से चिपकी गौरैया अब उस पार जोड़ी में बैठी है।

माँग भरी है। आँख भरी है। कलाई भरी है। बस, मन ख़ाली है। भूख, प्यास, इच्छा, सपने, अपने—सबका त्याग कर लड़की परदेस जाएगी। मुस्कराएगी। साड़ी बाँधेगी। ख़ुद बँधेगी। अब कोई और घर डोरी से बाँध उसे नचाएगा।

लड़की आग, हल्दी, पानी है।

दहेज के टेपरिकॉर्डर में बज रहा है—*दिल का खिलौना हाय टूट गया...*

सुलभ हिन्दी की किताब हो गई है लड़की—*मीरा उठ। चल पानी भर।*

## पाँच उँगलियों के निशान का पाँचवाँ पन्ना

*बाबा जेहि घर कन्या कुँवारी त नींद कैसे आय...*

नए कपड़ों से भरी अटैची। पुरानी यादों से भरा मन। *सौभाग्यवती और दूधो नहाओ पूतो फलो* के आशीष से सुबह की शुरुआत होने लगी। लड़की नए परिवार में गुम होने लगी।

काँपती-सी रसोई की शुरुआत। नमक का सही अनुपात। शक्कर-सी मीठी उँगलियाँ तवे, कड़ाही से जलने लगीं। रातें पूरे हक़ से छलने लगीं। गाल, छाती, जाँघों के निशान पर मुस्कराती जेठानियाँ नमक की नज़र डालने लगीं। जब-तब कहने लगीं, भाई जी तुम्हें बहुत प्यार करते हैं छोटी बहू।

छाती का हूक छाती में चुभा। हक़-ज़बरदस्ती को प्यार का नाम मिला। लड़की को माँ बनने का इनाम मिला।

दिमाग़ से पैदल लड़की घर में भागने लगी। सुबह-सवेरे जागने लगी। देर से लगी सोने। छुप के लगी रोने। घर की छत से मज़बूत घर की

दीवारें थीं। लड़की क़ैद की मैना, हूकती और कूकती का फ़र्क़ समझना चाह रही थी। लड़की *बाग़ों में बहार है, हमें तुमसे प्यार है* गाना चाह रही थी।

...चाह रही थी...

# पत्थर का शहर, सेमर-सा उड़ता मन

## सुना रहा है ये शमा सुनी-सुनी-सी दास्ताँ

कमउम्र शादियाँ ख़्वाहिशों पर मोटे परदे डाल देती हैं अक्सर। बस्ता लेकर जा रही लड़की, किताबों में रंगीन तितलियाँ बनाने वाली या कि शहजादों की कहानियाँ पढ़ने वाली लड़की एकदम से एक मंडप में दुलहिन बन किसी दूसरी ज़िन्दगी की तैयारी करने लगती है।

ज़िन्दगी भी कैसी, जहाँ अपनी पहचान किसी और सरनेम से ढक ली जाए। जहाँ बात की भी जाए तो पति और बच्चे की। जहाँ पहली बार दाल बनाते हुए फफोला पड़ जाए तो गाली नैहर को दी जाए। जहाँ माँ बन जाने के अगले पड़ाव पर उसे किसी गाय की तरह खड़ा कर दिया जाए।

पति-बच्चे घर में, जीवन होता रहे लथर-पथर।

ऐसे में एक उदास खिड़की पर कुछ पल चुराए जाते। लड़की जो औरत है, अपने मायके के आँगन को नीले आकाश में खोजने लगती है। किसी शहजादे का कोई महल बन जाता है, बादलों से प्रीत की चाह में सुलग उठती है आँख।

ऐसे में एक दोस्त मिले, वैसे जैसे बिछड़ा हो स्कूल से कभी। यूँ समेट ले उदासी कि भाई हो कोई। औरत हैरानी में सँभल भी न पाए कि दोस्त हक़ से थाम ले हाथ और कहे, बहुत बड़ा है शहर। भीड़ में गुम हो जाती हैं तुम-सी लड़कियों की चाहतें। मैं शहर दिखाऊँगा तुम्हें।

क़स्बाई लड़की, नदी-सी मीठी। खारे शहर की हर बात पे यक़ीन करना चाहती है। लड़का बात करता। ख़ूब बात करता। हवा में चूम लेता उसकी उदासी। गले लगाता कि आवाज़ रुँध जाती। ये यक़ीन के पल थे।

लड़की को कुछ नहीं चाहिए। बस, यह साथ, ये बातें, यह मुस्कराहट। सुनो, कभी छोड़ मत जाना। मैंने यक़ीन किया तुम्हारा। रहना ज़िन्दगी में। कुछ टीसते-से पुराने ज़ख़्म हैं। मैं खोलना चाहती हूँ तुम्हारे सामने।

एक डर से भर रही लड़की। एक ट्रेन पकड़ रही। एक जगह की टिकट ले रही। समन्दर किनारे मिल रही लड़के से। आसमान पहली बार नीला है। मुस्कराहट गुलाबी है। दिल किसी स्पर्श पर धड़कता है अब भी। समन्दर की लहर पर सवार है दोनों की हँसी।

तू हँसती हुई प्यारी लगती है। तेरी आँख गहरी है। दुख गोते लगा रहा इसमें।

घर को लौट रहे। किसी लाल सिग्नल पर लड़का हौले-से लड़की के बाएँ कंधे को चूमता है। बत्ती हरी हो जाती है।

अलग हुए कि छाती दर्द से भर गई। लड़की गुलाबी हो रही। कविताएँ लिख रही। प्रेम गीत सुनते मुस्करा रही। पहली बार अपनी आँख में काजल लगा रही। लड़की फ़ोन लगा रही। फ़ोन व्यस्त है। फ़ोन इतना व्यस्त है कि कभी नहीं लगता। दिन इतना बड़ा कि कटता ही नहीं।

एक चुप्पी छाई है। लड़की बौराई-सी लगा रही फ़ोन। कोई जवाब नहीं। समन्दर इतना खारा कभी न लगा। न आसमान काला था कभी। लड़की एक चुप में क़ैद है। कोई शहज़ादा नहीं होता। कोई महल नहीं। कोई आवाज़ कान गुलाबी नहीं करती। लड़की के पुख़्ता यक़ीन के हज़ार टुकड़े हो गए।

जब धोखा मिलता है तो अपना घर भी हँसता-सा जान पड़ता है। रात पहर बाएँ कंधे पर एक दर्द कसकता है। लड़की आँखें बन्द कर लेती है। क़स्बाई शहरों से आई लड़कियाँ इस पथरीले शहर में कभी दर्ज नहीं होतीं। कोई प्रेम मुकम्मल नहीं।

लड़की छुरी की धार पर उलटी रख देगी अपनी हथेली। शहज़ादे के इश्क़ वाली रेखा की ख़ातिर। मन अकेली कूकती मैना का शोकगीत है इन दिनों। समन्दर हर शाम किनारे पछीटता है।

शहर धुआँ हो जाता है।

## मन पर नाख़ून की तरह

मैं कुछ दिन लगातार सोचते हुए अनमनी बनी रही। कुछ तो मन पर नाख़ून की तरह उतरा। तुम्हारा यह कहना कि 'काम कर लिया कर कुछ!' 'जब समय मिला, मिलूँगा। जब समय लगा, फ़ोन कर लूँगा।'

समय को इतनी पहरेदारी क्यों करनी थी हमारी। किसी स्पेस में मैं क्या कर रही हूँ। मैं कभी भी बात कर सकती थी तुमसे। बेहद सहज। अपने घर-बाहर, दोस्तों के साथ होते हुए। याद करने को किसने रोका! मुझे आती है याद तो सारे बाँध तोड़ मुझसे टकराती है वह उदास-सी लहर।

तुम...ख़ाली वक़्त मिला, तब याद करोगे! ख़ाली वक़्त हाल पूछोगे!

ओह! मैं बाद दिनों बड़े ख़ालीपन से घिरी रही। जब तक तमाशा हो, लोग घेरकर देखते। जब कोई दृश्य पुख़्ता होने लगे ज़ेहन में, तब झटक देते।

मुझे बेगानापन-सा महसूस हुआ। मुझे कुछ नहीं चाहिए था। कोई दख़ल भी नहीं तुम्हारी ज़िन्दगी में। बस, ज़रा अटेंशन भर था। यूँ कि तुमने ख़ूब बातें कही थीं मुझसे। तमाम गीत साझा किए। तमाम तसवीरों का कोई

मतलब तो बनता था न, यार! एकदम-से कैसे वक़्त छुरा मार गया...

मैं बोलना चाहती थी, पर मैं चुप थी। पूछना चाहती थी, पर किससे पूछती। मन इतना भरा और ख़ाली कभी नहीं था। अबकी शाम हम कुछ और समय ख़र्च कर मिले।

'उदास लग रही?'

'मैं ठीक हूँ।'

कभी-कभी न, 'मैं ठीक हूँ' की दीवार को कुरेदना चाहिए। कोई और ही जवाब निकलेगा। पर कोई भी इस उदासी वाली बात की तह में क़तई नहीं जाना चाहता। हम समन्दर किनारे बैठे डूब रहे थे। दोनों की वजहें अलग-अलग थीं। उसने मेरी कमर में बाँहें घेर लीं।

'इसे उपलब्ध मत समझना। ये भरोसे का हासिल है। समझते हो न?'

मैं सामने हाज़ी अली पर जली लाइट और आते-जाते लोगों को देख रही थी।

'यह शाम भूल भी गए तो समन्दर हाजी अली और शाम के आठ बजे का वक्त तुम्हें सब याद दिला देगा।'

आदमी कमिटमेंट से हमेशा डरता है। वह लड़की की सचाई से भी भय खाता है। वह डूब के उतर जाता और लड़की डूबी रहती। और इस मोड़ पर जब उसे डर सताता है तो वह सलाह देता है—'तू कोई काम कर ले। बिजी रहेगी। ऐसे इन्तजार करते रहना अच्छी बात नहीं। मुझे समय मिला तो मिलूँगा...'

'जब तुम्हारा मन हो, तब मिलना। मैं जा रही हूँ।'

तेज़ गाड़ियों के बीच रास्ता बनाती मैं चल पड़ी। मैं अपनी चाहत में बहुत ज़्यादा थी। लौटता रास्ता उदास था और सवालों से भरा था। सबके अपने हिसाब होते हैं। हमें उनमें ही फिट होना होता है। ख़ाली समय में फिलर के लिए दोस्त नहीं होते। उन्हें तो यूँ भी होना चाहिए।

किसी को समझ लेने का दावा कभी नहीं करना चाहिए। आप ग़लत साबित होंगे। मेरे ग़लत साबित होने की ज़मीन बनने लगी थी। यह शहर आपको समय कम, ऑप्शन ज़्यादा देता है। शोक मत मनाओ, आगे बढ़ो। मूव ऑन! पर हम क़स्बाई दिमाग़; दिल से इतर कुछ करते, न सोचते।

चाय की सतह पर उदासी परत लेने लगी थी और तुम फ़ोन की ज़िद में थे ही नहीं... लौटोगे तब पूछूँगी। तब तक की बेचैनी मुबारक़ मुझे।

## कुछ था जो ज़रा मन को लग-सा गया

'मैं घर से बाहर जा रहा हूँ। तीन दिनों के लिए। काम है कुछ।'

'ठीक है। अपना खयाल रखना।'

'अरे, घर के बाहर हूँ। तू रख ले न खयाल।'

'मैं तो ऐसे भी रखती हूँ।'

'घर से बाहर ज्यादा बात कर पाऊँगा।'

मुझे न जाने क्यों यह ज़रा अजीब लगा। मैंने कहा, 'तुम अपनी नियमित दिनचर्या में मुझे सहज ही रहने दो न। मुझे बहुत कुछ नहीं चाहिए जो तुम्हें तुम्हारे घर से दूर ले जाए। मुझे चाहते हुए तुम अपने घर को कहीं और ज्यादा चाहो। सच।'

'सब ठीक है रे। करता हूँ न बात।'

पर कुछ था जो मन को ज़रा लग-सा गया। हम सहज ही क्यों नहीं बात कर सकते? हाल भर तो पूछना है।

अब यह गुनाह क्या सर लूँ कि मेरे क़रीब होने के लिए उसे घर से दूर होना होगा। तीन दिन वह बताता रहा। अपना उठना, सोना, खाना, पीना—अपनी फ़ोटो भेजी। मुझे अच्छा लग रहा था। अपनी कंडीशनिंग ही ऐसी है। तुरन्त पाप-पुण्य की माला फिर जाती है।

'सुन, शहर लौटकर मुझसे मिलेगा?'

'हाँ, पक्का। आते ही बताता हूँ।'

तब तक मैं ये तय करने लगी, अबकी नीली जीन्स और काली टॉप पहनकर जाऊँगी। नाख़ून पर रंग चढ़ाने को मैं फिर बेताब हो गई।

## चाय में बिस्कुट-सा डूब गया मन

किसी व्यस्त स्टेशन के सामने मैं तुम्हारा इन्तज़ार कर रही थी। इन्तज़ार अच्छा लगता है मुझे, अगर पूरा हो जाए। तुम भीड़ में जगह बनाते आए। हाथ बढ़ाते मिलाते ही तुमने पूछा, 'अरे, गले नहीं मिलेगी?'

जब गले मिलने को पूछा जाए तो स्पार्क जरा चला ही जाता। मैं गले मिलते झिझक गई। एकदम-से तुम्हारा-मेरा घर सामने आया। मुझे ज़ोर से गले लगना था। मैं चूक गई। इतना क्या सोचने लग पड़ी।

तुम कुछ देर मेरी चाय अपनी कॉफ़ी में मिलाते रहे। फिर एकदम से कंधे से मेरे बाल पीछे किया और झट से कंधा चूम लिया।

सब धुंध। कुछ न दिख रहा। जाऊँगी कैसे! सुन, ये लौटानी के टिकिट फाड़ दूँ। समय को अभी इसी वक़्त थमना चाहिए...

ट्रेन की खिड़की से छूटते स्टेशन ने बड़ा दुखी किया। तुम दिखे, फिर गुम।

फ़ोन में मैसेज आया—ऐ लड़की! तू कहाँ से आई है? बावरी, घर पहुँच जा। मैं मिलूँगा।

इन्द्रधनुष सात रंग के होते हैं। बादल नीले। फ़िरोज़ी दुपट्टे पर सुनहरा गोटा सजता है ज़्यादा।

चाय में बिस्कुट-सा डूब गया मन। कंधे की सनसनाहट। दिल की धड़कन।

मैं सँभल जाऊँगी...पक्का...

## मन बेचैन होने पर आए तो

मैं सुबह से तीन मैसेज भेज चुकी, तुम्हारा जवाब ही नहीं आ रहा। मन बेचैन होने पर आए तो हवा-पानी सब पर शक कर सकता है। इनसान प्यार में अधीर क्यों हो जाता है?

अब मैं समझा रही हूँ ख़ुद को। आख़िर पूरा दिन बीतने को आया और एक पूरे दिन का हासिल था, तमाम बेतुकी बातें। हर बात पे ग़ुस्सा। प्रेस वाले को कपड़े न देना, हरी सब्ज़ी के सारे पत्ते तोड़-मरोड़ देना। मैसेज पर टिकी आँखें बस कुछ देख ही न रही थीं उस दिन।

'मैं बिजी था सारा दिन। तू क्या कर रही थी? बता? चुप क्यों है?'

उसे जितनी जल्दी हो, मुझसे पूछना चाहिए, 'तू गुस्सा है मुझसे?' वह पूछ नहीं रहा, मैं बताने को बेताब।

'यार, एक पूरा दिन गया। मैं गुस्सा हूँ न। तुझे एक मैसेज तो करना था!'

मैं समझ गई थी, मैं कमज़ोर हूँ। मुझे इतना धैर्य तो रखना था। दिन ही बीता

न! ये कौन-सा फ़ोन के स्क्रीन पर झूठ-सच चमककर जान बचा लेते...

तुम नहीं समझोगे। लड़कियाँ प्यार में हों तो प्यार 'ही' करती हैं। लड़के प्यार में प्यार 'भी' कर लेते हैं।

उसने काम की लिस्ट बताई। मैंने मुँह फूला हुआ फ़ोटो भेजा।

'अब कुछ खा ले, बावरी। धीरज रख। नहीं जा रहा कहीं।'

मैं जिस बात से यूँ परेशान हो गई थी, उस पर वह तटस्थ था। कुछ चुभा।

समय हिचकियाँ ले रहा था मेरे भीतर...

## इतनी समझ होती तो मुहब्बत कैसे होती!

उस सुबह का दिन ही न चढ़ा अब तक...

रात यों भी मैं बेसुध नहीं सोती। बेचैन आत्माओं की नींद ऐसी ही होती है। फ़ोन तो कब से है मेरे पास, पर तुम्हारे आने से फ़ोन नज़दीक-सा हो गया। व्हाट्सअप की नीली लाइन से भी मुहब्बत हुई।

ओह, पढ़ लिया तुमने।

रात ख़ूब ख़याल आया तुम्हारा। सबेरे फ़ोन में एक गीत दिखा। तुमने भेजा।

*जग जा री गुड़िया मिसरी की पुड़िया मीठे लगे तेरे नैना*—यह सुना हुआ गीत उस दिन मेरे गाल सहला गया। मुझे पहले रोना, बाद में बहुत प्यार आया। लगा, अम्मा ने माथा सहलाया। पिताजी ने पैर के तलवे में हल्की मालिश की। गीत तमाम रंग और अर्थ में नमूदार हुआ उस दिन।

वह सारा दिन सुबह ही था। मैं चाय की गर्म कप में भाप-सी उड़ नन्हे बादलों को पंख दे रही थी।

सुन! यूँ सारा दिन गायब मत रहा कर। मैं राह देखता हूँ। मुहब्बत में मुस्कराओ तो सारी दुनिया की नदियाँ अँगड़ाई लेती होंगी। पक्का। मुस्करायाकर समझी...

बेगम अख़्तर ने दिल से आवाज़ लगाई। गीतों में मुहब्बत यूँ आई जैसे आँखों में आँसू।

जी घबराए तो आके साथ लग जाया कर।

और जो हमेशा घबराए?

चिपकी रह चुड़ैल...

जब कोई आपकी तरफ़ भागता हुआ-सा आए तो ज़रा किनारे होकर देखना। क्या पता, राही हो किसी और राह का। पल भर की प्यास ने रोक दिया हो तुम्हारे पास।

अब इतनी समझ होती तो मुहब्बत कैसे होती!

कोई झप्पी देगा...

हाँ, मैं हूँ न बावरी। रहूँगा। डर मत।

आमीन।

## मुहब्बत इन मुम्बई

हमने कहा, हम मिलेंगे ज़रूर। फिर वो दिन आया। तुम अपनी तरफ़ से चल पड़े और मैं अपनी। समय तय था। मुम्बई में घर-पगार भले न हो, तय समय तय होते। मैं कुछ देर पहले पहुँचकर तुम्हारा इन्तज़ार करना चाहती थी। ठीक ऐसा ख़याल तुम्हारे दिल में भी आया।

साढ़े पाँच की लोकल सीएसटी पर खड़ी थी। मैं ख़ुश थी। किसी भी पल तुम दिख जाओगे। मैं आते-जाते सभी को देख अनायास मुस्करा रही थी। वहाँ लगी उस बड़ी वाली घड़ी को देखकर भी। सबका समय आता है बॉस, तुम्हारे टिकटिक करने से क्या होता!

पूरी भीड़ ही 'तुम' हुई जा रही थी। मुस्कराहट जमी हुई थी उस दिन। चाहकर भी शक्ल की हलचल बन्द नहीं हो रही थी।

तुमने हरा कुर्ता पहना था। मैं तुम्हें देख रही थी अपनी ओर आते। यह लिखते हुए भी मैं मुस्करा रही हूँ। खड़ी हो जाऊँ, बैठी रहूँ या भाग

आऊँ तुम्हारी ओर। दिमाग़ इत्ता तेज और दिल इत्ता बुरबक टाइप बिहेव कभी न किया...

दो मुस्कराती आँखें मिलीं, फिर हाथ। फिर भीड़ ग़ायब। रास्ता साफ़। हमें पता नहीं था, जाना कहाँ है; पर हम चल रहे थे।

प्यारी लग रही तू इस फ्रॉक में...

हम्म...

कितनी बातें करनी थी। नाराज़गी दिखानी थी। इस-उस बात की शिकायत लगानी थी, पर कुछ न हुआ। हम एक ख़ाली बेंच को प्यार से भर रहे थे। जैसे वह ढेर से कुछ पूछ रहा हो। जैसे मैं लगातार बोल रही हूँ कि अचानक दबी हथेली के एहसास ने कहा, कुछ बोल; बस, आधे घंटे हैं मेरे पास...

अब यह जाने की बात सुनकर तो दिल बैठ रहा, क्या बोलूँ?

मैं साथ हूँ रहूँगा, यक़ीन कर...

मुम्बई में पहली बार इस यक़ीन के कंधे मैं लगना चाहती थी।

प्यास लगी है...चल लौटते रास्ते पानी लेंगे।

रास्ते लौटेंगे?

हाँ, पक्का।

मुझे प्यास नहीं लगी। मैं इस प्यास को लेकर वापस जाना चाहती हूँ।

तू पी लेना मेरे हिस्से का पानी, पर अपने हिस्से प्यास ज़रूर रखना।

सात चालीस की ट्रेन में सवार थी मैं। आधे घंटे से पकड़े हाथ का दबाव अचानक शिफ़्ट हो दिल पर आ गया था।

तुम मिलोगे न, मैं बेतरह तुम्हारा इन्तज़ार करूँगी।

मिलूँगा। ख़याल रख, बावरी।

## अक्टूबर खुमार

## बरस बड़ा लम्बा समय लगाकर आता था वापस

अक्टूबर का आख़िरी हफ़्ता बड़े बक्से को खोल रज़ाई-गद्दा निकालने का होता। मौसम की करवट से हमारे हाथों और चेहरे पर रूखी सलवटें पड़ने लगतीं। अब कटोरी भर तेल लेकर एक-दूसरे को लगाते हम। नारियल तेल ने हमारे सुन्दर-सलोने सौन्दर्य को बचाए रखा। जबकि अम्मा अफ़गान स्नो लगाती थीं। तभी हमारे नॉलेज में चार्मीज क्रीम आई। बस, नॉलेज में आई; घर में नहीं। हमारा इकलौता गुलाबी कार्डिगन निकलता। उसमें बड़े-बड़े गुलाबी बटन लगे थे। जिन्हें आपस में रगड़ने से एक मीठी महक आती, जैसे चॉकलेट। रज़ाई धूप में डाली जाती। हम पिताजी का इकलौता कोट पहन इतराते। अम्मा की मखमल वाली शॉल से गाल को मुलायम करते।

सर्दी बढ़ती और कोयले का ख़र्च भी। अब ज़्यादा कोयला आता। लकड़ी का कोयला हाथ तापने के लिए आता। तेज़ सर्दी के आने के पहले की तैयारी गर्म होती।

इस बीच दीवाली आती। छत के कोने-अँतरे में रखी ढिबरी निकाली

जाती। टूटने-बचने के क्रम में कम-से-कम पन्द्रह-बीस ढिबरी की मस्त सर्फ़-पानी में सफ़ाई होती। तब त्योहार सब पर रंग छोड़ते। सबके उत्साह बराबर होते। हम 'अपना स्पेस' वाले युग में नहीं थे। हम सब एक साथ सबके स्पेस में मुंडी घुसाए रहते।

दोपहर में अम्मा की प्लानिंग होती। आजकल की किसी पार्टी की प्लानिंग की तरह। गणेश-लक्ष्मी ख़रीदारी की लिस्ट में पहले विराजते। फिर चूड़ा, गट्टा, बताशा, चीनी, मिठाई और पटाखा। पटाखे का बजट छोटा था। बहुत छोटा। जैसे चार फुलझड़ी, चार जलेबी, साँप का डिब्बा और दो डिबिया चटपटिया। इसमें भी लड़ाई हो जाती कि डिब्बी में पचास बिन्दी की तरह वाले चटपटिया का बँटवारा सही नहीं होता।

हमें समाचार सुनकर या कैलेंडर देखकर नहीं जानना था कि कब कौन त्योहार आ रहा। घर की औरतें सजग रहतीं और सही जानकारी रखतीं। दाल-भात, रोटी-तरकारी से अलग पूड़ी, तरकारी, खीर के पकवान से हम मताये रहते।

मुहल्ले में अखंड जोत की तरह त्योहारों का आना होता। त्योहारों ने हमें साथ ख़ुश रहना सिखाया। मेहमानों की आवभगत सिखाई। मिले पैसों से बड़ी-बड़ी योजनाएँ बनाना भी सिखाया। जबकि पैसे गोलगप्पे में निपट जाते, पर हम चाहते कि कुछ और जुड़ते तो झालर वाला स्कर्ट आ जाता।

सिक्सटीज़ की फ़िल्मों की तरह दरवाज़े के बाहर हम भाई-बहन फुलझड़ी जलाते। सुनहरी चिनगारी से आँखें चमक उठतीं। हम जलेबी के साथ उससे दो चक्कर ज़्यादा ही नाचने वाले बच्चे थे। हम खुल के मज़े लेते। तब इतना मैनर नहीं सिखाया जाता कि ज़िन्दगी का मज़ा ही औपचारिक हो जाए।

हमारी बेलौस नींद में अम्मा ही हमारी परी थीं, जिनके बर्तन माँजने की आवाज़ सर्द रातों में आती रहती। अब न जाने वो बच्चे हैं भी या नहीं जो रात में सोते हुए सबेरे मिलने वाले नमकीन पराँठे और चाय का इन्तज़ार करते हों।

हमसे बचपन गुलज़ार था। हमसे त्योहारों में रौनक थी। मन्दिर के दीये के हमीं चोर थे। बरसों उस ख़ुशबू से मन भीगा रहता।

बरस बड़ा लम्बा समय लगाकर आता था वापस...

## बीत गए दिन फिर न लौटे

अक्टूबर की एक ख़ास गन्ध होती है। इसी महीने गुलाबी सर्दी दस्तक देती। हवा नम होती। मौसम भोर की आहट पर भागलपुरी अंटी में दुबक जाने जैसा। हम सुबह रात के बर्तन के ढेर को मज़े से माँज स्कूल चले जाते।

रामलीला के आगमन वाला महीना। कैसा रसिक शहर था! सीधे राजा दशरथ से संवाद रहता—'का रजा, जब सीता-बियाह होई, तब बताया। आवल जाई देखे।' दशरथ नई सड़क पर दतुवन ख़रीदते मुस्किया देते।

सारा शहर लीला कर रहा। हम अम्मा के आगे पिछली रात हुई लीला को फिर से करके दिखाते। इन दिनों मेले की आहट हो जाती और सबसे ज़्यादा तीर-धनुष और गदा बिकते। हर घर राम। हर घर सीता ग़ायब। एक कमरे के लगातार चक्कर से हम वनगमन से लंका तक की कहानी रच लेते। हम चलती-फिरती लीला मंडली। तुतला के बोलने से लेकर रावण तक का वध करने वाले। और धनुष तो हम खटिया के नीचे ही रखकर सोते।

यह पूरा महीना झूठ पर सच की जीत के नाम होता। हम राम की तरह लम्बे-लम्बे डग भरते रसोई तक पहुँचते। हम सीता की तरह अम्मा के पीछे-पीछे घर-आँगन धूप-छाँव चलते। हम राम का नाम लेकर भवसागर पार करने को दिल में उतार लिए थे।

नई सब्ज़ियों के आने की मीठी आहट होती। कैसा सुखद बचपन था जो सब्ज़ियों की आमद से ख़ुश रहता! अब मटर पकने लगेगी। छीमी से कैसे नाज़ुक दुलार से दाने अलग किये जाएँगे। दुधाइन दानों को अम्मा हम भाई-बहनों को खाने को देंगी। अहा, क्या सुख है!

इस अक्टूबर में ही हरसिंगार पर कान के टॉप्स की तरह वाले फूल आते। सुबहें ओस-सी नरम होतीं।

यह लम्बी छुट्टी मिलने का महीना होता। रामराज्य के बाद ही स्कूल जाते हम।

कैसी अकथ कथा कि हमने बाद में सीता के बारे में जानने वाली लीला ही नहीं खेली। यह पक्ष स्याह रहा। कितनी सीताओं का अपार दुख सामने ही था! कितनी ही धरती में समा गईं।

इस महीने हमारे गाँव से लोग आते। दशहरा देखने। भरत-मिलाप देखने। अम्मा बताती रहतीं कि रामनगर के राजा तक रामलीला देखते हैं।

इस पूरे महीने पैर ज़मीन पर न होते हमारे। धनुष हर घड़ी कंधे पर। हम बुराई को जड़ से मिटाने को वचनबद्ध। हमारे ही धनुष से रेखा खींच हम उस पार की सीता को सबसे बचा सकते थे। काश, सरकंडे का वह तीर और वही आस्था-विश्वास बचा होता तो कितना कुछ बचा लेते!

अगले दिन के अख़बार में एक या दो फ़ोटो छपती पिछली रात की। हम बस उसी को फॉलो करते।

इसी महीने कितनी बार ऐसा होता कि मेरी बहन लौटती ससुराल से। सुबह की गाड़ी से चाचा आते। ख़ूब ज़ोर से दरवाज़े की साँकल बजती। हम सारे खटिया छोड़ दरवाज़े तक आ जाते। तब कोई आता तो पूरे घर को पता चलता। आज जैसे बच्चे एक हेलो बोलकर एहसान करते और अपने कमरे में चले जाते, ऐसा बेदिल समय नहीं था वह!

चिड़ियों की चह-चह के पहले, ओस के पत्ते पर ठहरने के पहले, लजाते पत्तों के खुलने के पहले सबसे फ़ेवरेट चाचा आते। आँगन में हम सबकी एक खटिया होती। नींद की प्राइवेसी चाहिए किसे थी! हम उनके कंधे पर लटक जाते। 'सबकरा खातिर गिफ्ट आइल बा'—उनके भानुमती वाले बैग से नेपाल वाला माल निकलता। कोई पेन, कोई अतरंगी पेंसिल, कोई पेंसिल बॉक्स। हम उनको पूरा नोच लेते—'चाचा, टाफी?'

चाचा हर बार मुस्कराते और एकदम तरसा-तरसा के हमें चीज़ें देते। अब कमबख़्त समय ही वह न रहा कि आए रिश्ते को हथेली पर रख लो। इतना लाड़ करो कि आती चिट्ठियों में अलग होने की उदासी हो।

इसी अक्टूबर में अम्मा चाचा के लिए निमोना बनातीं। एकदम तीख़े ज़ायक़े का। रसोई-पीढ़ा पर दोनों भाई बैठते। अम्मा खाना परोसतीं। अम्मा चाचा से चुहल करतीं। चाचा हर मज़ाक़ पर चुकन्दर की तरह लाल नाक और गाल वाले हो जाते। कैसी आत्मीय रसोई, कितना आत्मीय मज़ाक़!

वैसे दिन बीत गए और फिर नहीं लौटे...

# कंधे पर टिकी सिसकी

## वे, जो चले गए

घोर गर्मी है। बाबा के हाथ में एक बेना है। उसके चारों बग़ल रंगीन तिकोना डिज़ाइन। हर रंग की पट्टी में दादी ने चस्पां किए, अपने ख़्वाब, अपनी गुन-गुन...बाबा एक बार बेना डोला लें तो माथे के पसीने को फूँक मार सुखा जाती दादी की याद...'तोरा दादी के हाथ में कलाकारी रही... मय टोला के लड़की सभे आवत रहे बेना, डलिया सीखे बरे...'

आसमान के तारों में भर रात जोहते-देखते रहते बाबा दादी का चेहरा... उमसती गर्मी में तिकोने रंगीन डिज़ाइन का बेना सारी रात बाबा की छाती से लगा साँस लेता रहता...

*

ई भेलन्टाइन हफ्ता है बाबा...पर प्यार कहाँ!

चूमने से होंठ नहीं भीगते, आत्मा तर हो जाती है। होंठ तक पहुँचकर भी दिल तक न पहुँचे हम, बाबा।

प्यार नहीं है कहीं...बस दिन हैं और बातें हैं।

## और फिर अम्मा चली गईं

ख़ाली पड़ी देह पर विलाप की सफ़ेद चादर परत-दर-परत पड़ती जाती है।

एक समय ऐसा भी कि वियोग में हम रोते नहीं, घर की सबसे सूनी दीवार की आग तापते हैं। चौखट के आर-पार होते दिन-रात के सिरे पकड़ने की कोशिश करते हैं। हाथ ख़ाली का ख़ाली रहता है। अपने सबसे रंगीन कपड़ों को उदासी में सानकर घर के परदे लगा देते हैं।

शोक में सबके अन्दर एक चीख़ ज़िन्दा है, पर सब उसे मारते हैं। सबके दुखते कंधे पर हाथ धरते ही एक दर्द कच्चे मटके-सा फूट पड़ता है। वेदना से दुखती है धरती की छाती। आसमान की बाँहों में सिसकती है आधी रात की असहाय देह।

तुम क्यों चली गई—के समवेत स्वर की लकड़ी पर बिना कुछ कहे जल रही हो तुम...

# एकान्त के पन्ने की ख़ामोश चीख़

तुम्हारी साड़ियाँ बाँटी जा रही थीं। अट्टीदारी-पट्टीदारी के लोग...घर की बहुएँ-बेटियाँ...

वह एक बेरंग समय था। अलमारी की चाभी एक वृत्त में झूल गई थी। दरवाज़े खुले थे। तुम जा चुकी थीं। सिंधोरे में कस के बँधा वह लाल धागा सामने था। तुम कहतीं, यह तागपात का धागा है। सिंधोरे में बाँधकर रखते हैं इसे। अखंड सौभाग्य देने वाला।

सुहागिनों ने सिन्दूर लिया। वह अमृत कलश-सा भरा रहा बाद तक भी। तुम्हारे दुनिया भर के भगवानों की छोटी-बड़ी मूर्तियाँ, कैलेंडर पर लिखा तुम्हारा दूध का हिसाब—सब अपनी जगह पर। बस, हम अपनी जगह से हिल गए थे।

रिवाजों के तेरह दिनों में पिताजी ने कभी नहीं देखा तुम्हारी फ़ोटो की ओर। पचास साल का साथ उनके मन में कितने बसंत की ख़ुशबू छोड़ गया होगा! तुम उस बड़े फ्रेम से बाहर हो। आसमान के बुझे तारे भी

जल गए थे उस रोज़, जब अन्तिम मंत्रोच्चार से तुम्हें आख़िरी विदा कहा था। उन इक्कीस पंडितों के ओज से स्वर के साथ तुम सबको अपनी अँकवार में ले रही थी।

हमारे जाते समय तुम फेर लेती थीं खोइछा का चावल पाँच बार। यह कहकर कि आती रहना। पर इस विदाई में हमने नहीं डाला वह चावल जो वापस कर कहते तुमसे कि आना, अम्मा...

लाल महावर वाले पैर का छापा बाबा की टूटी मड़ई में था। आज पिताजी के विशाल घर के दरवाज़े को छोड़े जा रहा था। ज़िन्दगी का सच यही है।

पर झूठ है यह कि नहीं हो तुम...तुलसी के पत्तों पर चिपका है पीला सिंदूर...तुम्हारे लगाए अमरूद पर कोमल पत्तियाँ निकली हैं...साड़ियों के रंग से भरा है तुम्हारा बक्सा...त्योहारों पर बोल पड़ते हैं पिताजी...आज कुछ ख़ास बनाया जाए...भाभी के छम-छम में गूँजती है तुम्हारी हँसी... रिक्शे पर सवार तुम अभी-अभी गई हो गंगा की ओर...आ जाना, हाँ!

*

उदासी ग्यारह नम्बर की सलाई से एक गला बुनती है और मेरे गले में फँसा देती है। मैं घुट रही हूँ। अभी मुस्कराती-सी मन्दिर गई और कराहती-सी वापस आ गई। मुझे पता चल जाता है, नदी छलकेगी। लगातार बढ़ रहा है पानी।

तो लो, मन्दिर की सीढ़ियों पर वजह भी मेरी ताक में थी। बड़े दिनों बाद दिखाई दी...सवाल करती आजी की आँखें काले कोटर में और गहरी धँस गईं—सब ठीक है न?

आजी की आँखें शून्य में जवाब बीन रही हैं शायद। अब मैंने उनके गाल छुए—आजी, क्या हुआ?

यह मौन भी न, बड़ा मुखर होता है। अब चुप-सी मुझसे सटकर सिसकती-सी बोलीं, जाँघ में बड़ा दर्द है बच्ची। घर का काम नहीं होता, पर काम तो करना है न!

तो कुछ नहीं। कहानी में एक परिवार है। एक बोझ है। बूढ़ी घिसती औरत देह को जितना निचोड़ सकते हो, निचोड़ लो। उम्र बढ़े तो रिश्तों में ग्रहण लग जाता है क्या? एक सीधे मुँह से बोलने को भी कोई नहीं। मैंने उन्हें गले से लगा लिया। मेरे पास कोई जवाब नहीं है।

आख़िरी साँस लेती मेरी अम्मा ने भी यही बोला होगा। सन्नाटे से दम घुटता है। अब नहीं जीना और चुप हो गई। अब करो विलाप। बोलो न अम्मा...

बड़ी देर हो गई गुहार लगाने में...

शाम को एक पंछी रुदन करता-सा सभी पेड़ों पर मँडरा रहा। कोई अपना नहीं, कोई भी नहीं। एकान्त के पन्ने की ख़ामोश चीख़...हमसे बात करो...हम मर जाएँगे—की गुहार पर हँसता समय...मेरे कंधे पर टिकी सिसकी...

कलेजा फट न जाए...ये हमारे बुज़ुर्ग हैं...

## मंच की लड़की

चाँदी की जादुई छड़ी लिये वह कभी तितली बनती, कभी परी। कभी सिपाही बनकर सलामी देती। वह ख़ाकी कपड़ा बड़ा सुन्दर लगता जो बाद में कभी मिला नहीं पहनने को। हारमोनियम की तेज़ लहरों पर कत्थक का धा-धिन-धा और पर्दा गिरते ही ये सभी पात्र अम्मा की गोदी में।

लड़की कभी मीरां बन जाती, मंच पर सफ़ेद साड़ी पहनकर गाती-सी—*मेरो तो गिरधर गोपाल दूसरो न कोई*। कभी भारतमाता बन अपने दुखड़े सुनाती। अपनी उम्र से बड़े पात्र को जीने की पात्रता हममें उस समय रही। ये पात्र मंच से उतरकर अपने दूसरे रोल की तैयारी करते।

अम्मा जरा दूर थीं अब।

फिर रंगीन साड़ी बाँध ख़ूब गहनों से सजी यशोदा—*ए री यशोदा तोसे करूँगी लड़ाई...तेरे कुँवर ने धूम मचाई*—की शिकायतें सुनती, नाराज़ होती, ग़ुस्सा दिखाती और बलैया लेती माँ बन जाती। अब मंच से उतरकर

एक कोने में बैठ जाती है। मंच पर रंग जमाती लड़कियाँ धीरे-धीरे जान जाती हैं, साड़ी को कसकर बाँधना। भौं के ठीक बीच में लाल बिन्दी चिपकाना। अपने हाथ पीछे कर खुले बटन को झट से बंद कर लेना। ये अभ्यास से सीखती हैं बिखरे को समेटना।

ये रंगमंच की तितलियाँ फिर जंगल के अबूझ रास्तों से होती हुई अजीब देश चली जाती हैं।

मंच पर पर्दा गिरता-उठता है। समय पात्र बदल गए हैं। नेपथ्य में आवाज़ें हैं। रिक्शे पर बैठी लड़की चिल्ला रही है—मुझे नहीं जाना। छोड़ दो मुझे। आवाज़ें दूर होती जाती हैं। रिक्शे की लड़की को लोहे की गाड़ी मोतियों के शहर लेकर आ जाती है। अब ये खुले मंच पर एकदम सच्चा नाटक खेलती हैं। बिन्दी ठीक बीचोबीच...माँ की फ़िक्र...मीरा की तड़प...और परी...मुस्कराता सा भरम...

अम्मा बड़ी दूर अब...

एकान्त का परदा गिरता है...

## हमें रहने देना यहीं कहीं

नैहर से वापस लौट आई। मुट्ठी भर धान...गाँठ भर हल्दी...माँग भर सिन्दूर...पैर भर महावर... आँख भर गंगा...और मन भर याद लेकर...

अम्मा नहीं होकर भी दिखाई देती रहीं...सुनाई देती रहीं...हाथ से छूती भी रहीं हमारे गाल...पूछा भी कि कमज़ोर हो गई हो... अपना ध्यान नहीं रखती क्या?

पुरानी तुलसी के जिन पत्तों पर लगे थे पुराने पीले सिन्दूर...वे अब उसी माटी में मिले हुए थे...कुछ नये पत्तों के साथ भाभियों ने टीक दिया था पत्ता...सब सिन्दूरी दिखे...

पिता झुक-से गए हैं। वजह-बेवजह ख़ुद को व्यस्त रखते हुए अपने कमरे की दीवारों में पुरानी तस्वीरों के पुराने क़िस्से टोहते हैं। उनकी लाल आँखों और भरे मन का कुछ नहीं होने वाला।

भाई कुछ नहीं बोलता हुआ भी परेशान दिखता है। आसपास बना रहता है। कभी अचानक बोल पड़ता है, 'बेसन की सब्जी बनवा लो अपनी

भाभी से। तुम्हें पसन्द है ना!' धीरे से सरका देता है पैसा हमारी ओर कि ख़रीद लो अपनी पसन्द का कपड़ा जाने से पहले...

हम चार दिन को तुम्हारे पास आई बहनें बची रहती हैं तुम्हारे तेल की कटोरी में उस तेल सरीखी जिसे पिताजी के जोड़ों पर लगा देना कि आराम मिले...सर दर्द में रख लेना माथे पर...खटिया के पाये पर मल देना कि लकड़ी मज़बूत हो जाए...

हम कमज़ोर दिलों की बहनें...तुम्हारे घर में बची रहेंगी ऐसे ही किसी कटोरी में किसी बिस्तर के सिरहाने...दुछत्ती पर रखी किताब की तरह... हमें रहने देना यहीं कहीं...

एकान्त में खुला हुआ बैग...पसरे हुए सामान को सहलाता, गले लगाता ये बावला मन...

मेरे पैर के टह लाल रंग को घूरता हुआ समन्दर...

# जहाँ से बार-बार विदा होते हैं हम

## घर कुछ नहीं, बहुत कुछ कहता है

यही घर हमारा। इसी की नींव में अम्मा ने गेंदे का फूल दबाया। इसी की नींव में अक्षत है। यही है सबका रैन-बसेरा। इसी घर में दिन-रात कभी भी लोग आ जाते थे। यहीं रात के बारह बजे कठवत भर आटा सान मुस्कराते हुए हमने रोटियाँ बनाई हैं। यहीं से आने वाले घुम्मी करते, सुबह-सबेरे गंगा जी चले जाते। यहीं पर सबेरे के सात बजे खोले जाते जलेबी के ठोंगे। यहीं तो बिना ब्रश किये हम अपने हिस्से की जलेबी खा लेते।

इसी घर की दीवारों पर हमने अपने हाथों रंग चढ़ाया। यहीं आग से रिश्ता सीखा। चूल्हे के भिन्न प्रकार की यात्रा भी यहीं पूरी हुई। लकड़ी, बोरसी, कोयला, स्टोव फिर गैस। यहीं रात को चमकाए जाते थे लैंप, लालटेन के शीशे। अम्मा बत्ती की तरह सुनहरी जलती थीं यहीं। इसी घर में थीं अचार की पाँच बरनियाँ।

बक्से में जमा किये कपड़ों का हुजूम भी यहीं था।

यहीं मैंने पहली बार बर्तन माँजा और मन-ही-मन एक सौतेली माँ और बेसहारा बच्ची की कहानी गढ़ी।

महीने के उन कमबख़्त पाँच दिनों का शोक भी यहीं मनाया गया। यहीं दाग धोये गए। ठीक डेढ़ बित्ते के शीशे में हमने अपने जवान होने को उत्सुकता से देखा। स्टूल लगाकर मैंने उसी शीशे में अपने लम्बे बालों में टीना मुनीम की तरह गोटे बाँधे।

इस घर में हरे रंग का दरवाज़ा था। उसमें साँकल थी। आने वाला जी भरकर खटखटाए। खोलने वाला जी भरकर गरियाये। इसके आँगन में खुली होती आकाश की सबसे सफ़ेद चादर, जहाँ सितारों की चकर-पकर होती। यहीं छाती पर उलटा कर रखी थी मैंने 'सुरंगमा'। यहीं प्रेम की लपट से लिपट रोई थी।

यही तो था घर। जहाँ दहेज के टेपरिकॉर्डर ने नींद उड़ा दिया। यहीं कैसेट का रील पेंसिल से इधर-उधर किया गया। उसी में से आई थी पहली आवाज़—मुहब्बत की झूठी कहानी पे रोए। यहीं कैमरे का गहरा तिलिस्म टूटा था। चौंतीस फ़ोटो के लिए मनमाफ़िक़ पोज़ का टेंशन भी यहीं था।

यहीं थी खटिया। यहीं हुआ था पेट दर्द। यहीं की ज़मीन पर कोई कहानी लिख रहा था। कुल जमा चार जोड़ी कपड़ों का अमीर आँगन था यह; देखो न, यही है वह जगह जहाँ से बार-बार विदा होते हैं हम...

पिताजी की नाक देर तक लाल रहती है...

## मेरी अम्मा का घर

यह मायका है। तब जब हम थे, लम्बी-चौड़ी ज़मीन में एक और आधा कमरा था। इसमें अम्मा के साथ हम चार-भाई बहन रहते थे। इसमें हैंड पम्प था। हम लोग उसी में आधा दिन पानी निकालते रहते थे।

मैं भी थी। दो बहुत लम्बी चोटियों वाली लड़की। अम्मा बाल संडे-संडे धोती थी। साबुन का नाम था—शिकाकाई। हमारा शैंपू से लहराते बालों का बहुत मन था। हम सपने में ऐसे सपने देख लिया करते।

इसी घर में मेरी बड़ी बहन का ब्याह हुआ। वह बहुत छोटी थी। मैं बहुत नन्ही। इसी घर के आँगन में गाँव के पचास लोग संझा-पराती गाते थे। इसी घर में बाबा दूर देश वाला वर खोज दिए। यहीं मंडप बना। यहीं सबसे पहले अम्मा-पिताजी बिचारे दिखे। यहीं हम छोटे भाई-बहन बड़ी बहन को दुल्हन बना देखे। हम बड़े हो रहे थे। घर छोटा ही था।

डेढ़ कमरे में जरा-सी और आपाधापी मची, जब मेरी शादी होने लगी। शादी बम्बई में हो रही थी। मेरा पूरा घर ग़ज़ब बिचारा लगा। जैसे अब तक की बचत की पुरानी गुल्लक के पैसे भी चुक गए। मैं बहुत लम्बी चोटी वाली लम्बी माँग भर पहली बार कार में बैठी। डेढ़ कमरे का यह

घर हमारे कलेजे में बैठा रहा। यहीं खेती थी छोटी-सी। यहीं झगड़े थे। यहीं गोलगप्पे का ठेला था। यहीं गाँव की चाचियों का मजमा।

बाद दिनों घर बड़ा होने लगा। आँगन कमरों में बदल गया। पानी का नल आया। बाथरूम बन गया। हमारी फ़ेमिली फ़ोटो एक कमरे में टाँग दी गई। हमारे बच्चों के बचपन को भी यहीं दीवारों पर जगह मिली।

घर के अन्दर हमारी आवाज़ें ज़िन्दा हैं। गेट पर अम्मा का इन्तज़ार। यहीं रिक्शा खड़ा होता और हम चिल्लाते हुए भीतर चले जाते। यहीं गेट के बाहर तक खोइंछा पकड़े हम रिक्शा से स्टेशन चले जाते।

*

यहीं पर अब नहीं मिलतीं अम्मा। भाभी इन्तज़ार करती अम्मा जैसी लगती हैं।

यहीं नैहर से चली जाती लड़कियाँ हैं, ऐसे ही गेट से नीले सपनों की तरह। ऐसे ही फलती-फूलती हैं लतर के फूल की तरह। घर ऐसे ही जड़ रहता है ज़्यादातर।

जब हम जाते, दीवारें बतकुच्चन करने लगतीं हमसे। हम बड़े दिनों से चुप हैं। यहीं जाकर बोलेंगे मन भर।

*

यही है मेरा नैहर। मेरी अम्मा का घर!